나는 식물 키우며 산다

나는 식물 키우며 산다

정수진 지음

"식물 애호가와 식물 자영업자 사이
그 애매하고도 확실한 회색지대에 살고 있다"

가지
KINDS BOOK

목차

콩깍지의 힘

벌어지고야 알게 된

그렇게 삶이 된다

콩깍지의 힘

식물 가게를 접었다

공간 식물성은 '좋아서 잘 기르고, 잘 길러서 더 좋아지는 원예 생활'을 모토로 한 식물 가게로 나는 이곳을 2015년 8월부터 2019년 8월까지 꼬박 4년간 운영했다. '식물성'이라는 이름은 친한 언니의 아이디어에서 온 것이다.

"식물을 파는 가게인데 이름을 아직 못 정했어요. 뭔가 '식물'이란 말이 들어가면서도 공간을 잘 설명하는 간단한 이름이면 좋겠는데……"

"음, 그래. 이름에 '식물'이 들어가는 거 좋은 거 같아. 네가 좀 '식물성'이잖아. 사람 자체가."

"헉, 잠깐만요. 식물성! 가게 이름으로 완전 딱인데요?"

이렇게 지어진 이름이다. 식물적인 성질을 가진 장소, 혹은 식물들로 채워진 성? 어떻게 갖다 붙여도 내가 생각하는 공간의 성격과 적절히 맞아떨어졌다. 식물의 힘은 강하다. 들풀들은 벽돌과 시멘트벽 사이사이에 균열을 내며 뚫고 자랄 정도로 힘이 세다. 나는 식물성이 마치 세계의 단단한 부분에 은밀한 균열을 내는 조용하고 굳건한 힘을 상징하는 말 같아서, 그 작명이 꽤나 마음에 들었다.

식물성은 초창기에는 화원이면서도 식물성과 취지에 잘 맞는 작가들과 전시를 열거나, 흥미가 비슷한 사람들이 교류하며 다양한 아이디어를 실현해 보는 공방이 되기도 했다. 2년차부터는 화원으로만 운영했지만 공간 용도가 자주 바뀔 때는 지나치는 행인으로선 선뜻 들어가기 어려운 가게이기도 했을 것이다. 구체적인 목표 없이, 식물을 팔고 키우는 재미를 나누고 싶다는 단순한 생각으로 가게를 열었지만, 운영하는 동안에는 식물을 판매하는 것 이상의 경험을 했다. 모르는 분야의 창작자들을 만나거나 식물을 소재로 한 다양한 기술과 경력을 쌓아 갈 수 있었다. 지금은 이렇게 식물에 대한 이야기를 글로 써 책으로 남기는 작가로도 활동하고 있다. 그 어떤 것도, 처음 개업할 때엔 전혀 예상하지 못한 일들이다.

식물성은 앞서 말했듯 2019년 가을 초입에 문을 닫았다. 잘 해낼 수 있을 거란 욕심과 열망만 가득할 뿐 가게를 지속하기 위한 현실적인 문제들을 모두 해결하지 못한 탓이다. 지금 생각해 보면 처음에는 뭐든 다 가능할 것만 같은 자신만만함이 있었다. 식물 가게를 열기 전 참가한 플리마켓에서 예상보다 선방하면서 희망이 화수분처럼 솟은 것이다. '조금만 홍보에 신경 쓰면, 계속 멋진 식물 화분을 만들어 소개하면, 구체적으로는 하루에 작은 화분 15~20개 정도만 팔 수 있다면, 월세와 공과금을 내는 건 물론이고 용돈 벌이도 하면서 하고 싶은 일을 계속해 나갈 수 있으리라.' 당시엔 그게 나름 합리적인 계산이라고 생각했다.

하지만 아무리 손님이 많은 시즌에도 월세와 유지비를 내는 일이 만만치 않아 4년 내내 가게 사정이 좋지 못했다. 경제적인 어려움이 가게를 닫게 한 카운터펀치였던 게 사실이다. 당장의 빚도 문제였지만 몇 달을 더 지속한다고 해서 매출이 늘 것 같지도 않았다. 나쁜 경기 못지않게 부족한 운영 능력도 문제였다. 가게 홍보를 겸해 식물과 관련된 여러 활동들을 준비하고 실행했지만 결국 애매한 시도로 끝나 버렸고, 그것들이 쌓여 만든 결과였다. 가게를 닫기 약 1년 전부터 돌파구가 필요하다고 느꼈지만 계속 끈을 놓지 못한 채 시행착오만 겪다 불현듯 '정말 안 되겠다' 싶었다.

나만의 가게를 가졌다는 것, 그리고 가게에서 할 수 있는 일이 있다는 것은 언제나 큰 에너지와 기쁨을 주었다. 누군가가 "막상 좋아하는 일이 먹고사는 일이 되면 힘들지 않아요?"라고 물었을 때도, 식물 키우는 일이 직업이 된 게 예상보다 더 좋고 행복하다고 생각했으니까. 가게에 얽힌 추억도 많고 가게로 인해 사귄 애틋한 사람들도 많았다. 그렇지만 유지하지도 못할 가게를 아집만으로는 지킬 수 없었다. 소진된 에너지를 회복하고 생존을 위한 대안을 모색해야 한다는 것을 서서히 받아들였다. 좀 더 많은 사람들을 식물로 이끌었다는 개인적인 성취를 소중히 담아 두고, 당장은 미래를 위한 재정비가 필요했다.

어느 그림쟁이의 암흑기

나는 식물성이란 가게를 열기 불과 6개월 전만 해도 식물을 키우는 데 전혀 관심이 없었으며, 식물에 관해 완전히 문외한이었다. 심지어 가게를 연 그해 초까지 매일 작업실에 출근해 그림만 그리는 그림쟁이였다.

그보다 몇 해 전, 대학을 졸업하고 진로를 고민하던 어느 날, 버스에서 졸다가 문득 하나의 풍경이 떠올랐다. 자세히 기억나진 않지만 숲으로 걸어 들어가는 길 위에 바람도 없이 눈만 고요하게 내리는 그런 풍경이었던 것 같다. 마치 스노볼을 보는 것처럼 어둑함 속에서 빛나는 눈의 광채가 신비로웠다. 그 풍경을 실제로 눈앞에 두고 보고 싶다는 생각에 사로잡혀 바로 미술학원에 등록했고, 두 달간 실기를 배워 운 좋게도 이듬해 미술대학에 편입할 수 있었다. 그러나 졸업이 다가올 때까지 진로에 대한 고민은 어영부영 뒷전으로 미루고 당장의 과제를 끝내는 데만 급급했다. 결국 졸업한 후에도 그림 작업에 대한 미련이 계속 남아 미술작가의 길을 가기로 했다.

그 후로 3년 정도 그림을 그렸지만 그러면서 나는 점점 더 지쳐 갔다. 개인전을 열겠단 목표로 늘 혼자 작업실에 앉아 일단 여러 작품을 완성하는 데만 열중했다. 갤러리에서 공모하는 개인전에 당선되는 일은 없었고, 어쩌다 단체전에 당선되어 한두 작품을 걸게 되어도 그것이 작업에 별다른 동력이 되진 않았다. 가족들에게 '나 그래도 뭐 하고는 있다' 하고 생색낼 정도, 딱 그 정도였을 뿐 삶이 한 걸음 앞으로 나아간단 생각은 들지 않았다. 게다가 2014년 말에는 작업실이 있는 연남동의 가장 좁은 골목까지도 젠트리피케이션이 진행되어 사방에서 울리는 공사 굉음 때문에 아무것도 할 수 없었다. 어쩔 수 없이 공사가 끝난 저녁부터 다음 날 새벽까지 그림 그리는 생활이 계속됐다. 그렇게 태양을 피하는 고립 생활이 6개월 넘게 이어지자, 사람을 만나면 말도 잘 나오지 않았고 집에 들어가는 길에 헛것을 보곤 했다(꽃이 잔뜩 핀 화단을 후드 티 입은 사람으로 잘못 보거나, 주차장 바리케이드를 줄무늬 스타킹을 신은 사람이 앉아 있는 모습으로 보았다). 신경쇠약이었다.

그나마 그해에 가장 힘이 되어 준 건 친한 대학 동기 몇몇이었다. 종종 친구가 놀러 오면 그 핑계로 잠깐 밖으로 나가 숨통을 틔우고, 작업실에 같이 앉아 서로의 인생 고민을 토로했다. 2014년 마지막 날도 친구 A와 함께, 친구가 사 온 파리바게뜨 롤케이크 옆구리에 초를 꽂아 불을 붙이고 새해 소원을 빌었다. 그날 많이 울었다. 아마도 앞날이 보이지 않는 막막함에 흐른 눈물이었던 것 같다.

당시 나는 작업실에서 인문학이나 미학 서적을 읽곤 했다. 그때 본 책 중 지금까지 내게 큰 영향을 미치는 책이 바로 미국 철학자 존 듀이의 《경험으로서의 예술》이다. 늘 필요한 메시지를 주는 책이면서, 또 그때까지 해 온 미술을 단번에 포기하게 만든 불씨가 된 책이다.

책의 내용은 대충 이렇다. 예술성이란 꼭 (미술품으로) 규정된 작품이 아니라 한 사람의 삶 속에 이미 존재하며, 그렇기 때문에 사람은 일상에서 발견한 예술과 만날 때 비로소 자기와도 온전한 관계를 맺을 수 있다는 것이다. 이 말인즉, 내가 계속 고립된 상태에서 예술 창작을 하는 한 언제까지고 뜬구름만 잡고 있을 거란 이야기였다.

시간이 꽤 지난 지금은 그것이 참으로 당연한 이야기인 것만 같다. 하지만 당시 이 책은 열정이 넘치던 대학 시절과는 다른 국면을 맞아 시야가 현저히 좁아진 내게 그 상황을 새로이 보게 했다. 어쩌면 그때까지 나는 의무적으로 작업실에 출근하고, 사람들이 그림이라고 말하는 그림에 몰두하며, 작가처럼 보이는 작가가 되고 싶어서, 그러니까 일종의 '작가 코스프레'를 하기 위해 오랜 시간 용쓴 게 아닌가 싶었다. 그런 생각에 다다르자 오히려 마음이 후련해졌다. 그리고는 좀비 같던 작업실 생활을 그만두고 숨을 고르기로 했다. 어떻게 해야 할지 그 방법은 알 수 없었지만.

내가 식물을 키우게 된
사소한 이유

내 생애 첫 스마트폰을 장만한 해에 사진을 보정할 수 있는 앱을 찾다가 인스타그램이라는 것이 있어 깔아 봤다. 처음엔 모르는 사람끼리 사진을 공유하는 기능엔 관심이 없어 내가 찍은 사진의 밝기나 선명도를 조절할 때만 썼다. 그러다 우연히 타임라인에 뜬 다른 계정의 사진들을 보게 되어 흥미로운 사진이 많은 계정을 몇 개 팔로우했다. 그러자 곧 '맞팔'이 생겼다. 유심히 보았더니 내가 팔로우한 계정들은 그들끼리 '맞팔'인 경우가 많았다. 팔로우의 연쇄 사슬을 따라가다 보면 더 기발한 사진이 올라오는 계정이 나왔고, 그 알감자 캐는 듯한 재미에 계속해서 팔로우 사슬을 따라갔다. 사는 곳도 나이대도 문화권도 다른 사람들이 각자의 시선을 공유하고, 그 먼 거리에서 일어난 일을 단 한 장의 사진으로 순식간에 전하고 소통한다는 것이 마치 기적처럼 느껴졌다.

그전까지 유화로 그리려고 틈틈이 사진으로 찍어 둔 동네 풍경을 인스타그램에 올리기 시작했다. 이를테면 이상한 풀이나 돌무더기, 간판, 빌딩 등 아주 사소한 장면들이었다. 그러다가 점점 '좋아요' 수를 신경 쓰는 이른바 '따봉충'이 됐다. 더도 덜도 말고 딱

40~50개 정도의 '좋아요'면 마음이 부자가 된 것만 같았다. 특히 내가 맘속으로 은근히 멋지다고 생각한 사람이 눌러 주는 '좋아요'에는 그렇게 흥분될 수 없었다. 그림 그리기만큼 완벽함에 대한 스트레스를 받지 않아도 되고, 그림 전시를 하는 것보다 피드백은 빨랐기에, 하루에도 수십 번씩 그 자극적인 성취의 맛을 보기 위해 새로고침을 했다.

아이러니하게도 그렇게 SNS에 중독되는 바람에 나는 작업실이란 공간을 벗어나 점점 밖을 돌아다니게 됐다. 더 많은 전시를 보러 가거나 새로운 동네를 돌아다녀야만 전보다 더 독특하고 재밌는 풍경을 포착해 사진으로 올릴 수 있었기 때문이다. 신기하게도 내가 진짜로 감동한 장면에는 사람들도 크게 반응했다. 사람들에게 감동을 주려면 더 부지런히 돌아다녀야만 했다. 신나게 사진을 찍고 돌아오면 새로운 그림에 대한 영감이 새록새록 떠올라 다시 작업에도 의욕이 솟았다.

인스타그램에 접속해 습관적으로 새로고침을 하던 어느 날, 랜덤으로 올라온 사진 중 너무 멋진 걸 보고 말았다. 선인장이었다. 처음에는 멋지게 보정한 사진에 눈길이 간 줄 알았는데, 다른 사진들을 검색하다 보니 선인장이란 식물 그 자체의 아름다움이 보였다. 해시태그에 여러 선인장 이름을 넣어 검색하니 사진이 수백 장씩 쏟아져 나왔다. 그날은 늘 하던 작업도 다 팽개치고 밤새 선인장 사진만 들여다보았다.

결론은, 선인장을 갖고 싶다는 것. 정말 오랜만에 무엇이 열렬히 갖고 싶었다. 나는 일주일 동안 각각 크기와 모양이 다른 선인장과 다육식물 세 종류(용신목, 금강산, 흑룡각)를 사 와 기르기 시작했다. 사실 기른다기보다 매일 구경했다는 말이 더 정확할지도 모르겠다. 선인장은 다른 식물들처럼 빨리 자라지 않지만 쉬이 죽지도 않는다. 늘 보던 모습 그대로였으며, 그렇게 한결같이 강한 모습의 선인장이 참 대견하게 느껴졌다. 또 그런 선인장을 기르는 내가 마치 초록엄지(가드닝에 재능이 있는 사람을 초록엄지, 즉 '그린썸green thumb'이라 표현한다)가 된 것 같아 으쓱했다.

식물,
사는 사람에서 파는 사람으로

내가 처음으로 식물을 산 건 2001년, 중학교 2학년 때다. 혼자 이대역 근처를 돌아다니다 집에 가려는 길에 가판대 하나가 눈길을 끌었다. 캔에 심은 식물이 잔뜩 놓여 있고, 30대쯤 되는 젊은 남자(당시 내게는 그냥 어떤 아저씨)가 혼자 그 옆을 지키고 있었다. 딱히 구경하러 모이는 사람도 없어 조금 썰렁한 모습이었다. 캔에는 '스뎅플'('스테인리스 캔에 심은 풀'이라는 뜻으로 스뎅+풀을 합친 말이라고 한다)이라는 이름의 스티커가 붙어 있었는데, 그 아저씨는 창업한 지 얼마 되지 않았다며 시험 판매를 하고 있다고 말했다. 저녁이 서서히 내려앉는 시간, 캔에 든 작은 식물들이 형광등 불빛 아래에서 빛났다. 나는 쉽사리 집에 가지 못한 채 그 주변을 계속 서성거리다 결국 캔 하나를 사 왔다. 백정화 화분이었다.

그 후 학교에서 돌아오면 내 방 책상 위에 놓인 백정화를 넋 놓고 바라보곤 했다. 그러다가 그 청년 사장님을 주축으로 형성된 온라인 야생화 동호회에 가입해 활동하고 가끔 정모에도 나갔다. 하지만 그러한 활동과는 별개로 백정화는 생명을 다했고 어느새 내 기억에서도 자연스레 잊히고 말았다. 그 후에도 가끔

가다 거북 알로카시아, 구슬 세덤, 스킨답서스 같은 식물 화분을 사서 키웠다. 하지만 솔직히 말해 그때까지만 해도 식물 기르는 일은 영 재미가 없었다. 늘 몇 달쯤 식물을 기르다 내 부주의로 죽으면 그때마다 그냥 그러려니 하고 잊어버리고 말았다.

하지만 2015년, 선인장의 외모에 혹해서 다시 한 번 생긴 식물에 대한 관심은 이상하리만치 폭발적이었다. 그해 봄에는 옥상에 자리한 내 작업실 앞뒤로 큰 선반을 설치해 미친 듯이 선인장과 다육식물을 수집하고 키웠다. 옥탑은 뙤약볕 하나는 기가 막히게 잘 들기 때문에 식물들에게는 매일매일 파티나 다름없었다. 나도 덩달아 파티였다. 매년 여름이면 찌는 듯한 옥탑의 더위로 고생했지만 그해 여름엔 식물들의 변화를 구경하느라 더위도 거의 잊고 살았으니까. 식물들은 옥상 어디서든 잘 자랐고, 심지어 생육조건이 맞지 않으면 쉽게 볼 수 없다는 선인장의 꽃도 싱거울 정도로 쉽게 피었다.

도통 암기에 재능이 없는 편이지만 식물에 관해서만은 예외였다. 한 번 본 식물의 이름은 잊지 않고 기억했고 생육조건이나 전문 원예용어 등 많은 정보를 쉽게 외웠다. 고양시에서 열리는 꽃 박람회에도 찾아가고, 여러 지역의 화훼단지들도 쏘다니면서 탐욕스러울 정도로 식물을 눈으로, 손으로 훑었고 닥치는 대로 수집했다. 신세계였다. '이렇게 멋진 걸 왜 지금에서야 알게 된 걸까?'

화초에 대한 관심과 애정이 커지면서 이 좋은 걸 나만 보긴 아깝다는 생각이 들었다. 그렇다고 더 이상 식물 사진을 찍어 올리는 건 끌리지 않았다. 식물은 사진보다는 확실히 실물이었다. 식물이 주는 생동감은 사람이 애써 만든 그 어떤 예술 작품보다 더 감동적이었다. '그렇다면 이건 어떨까? 나름 열성적으로 기른 이 예쁜 식물들을 괜찮은 화분에 심어 전시를 하면? 다른 사람들도 오가다 보면서 한 번쯤 식물에 반하는 날이 오지 않을까? 그럼 분명히 나처럼 키워 보고 싶겠지!'

마침 작업실 근처에서 매주 주말마다 열리는 플리마켓이 있어 판매자 신청을 하고 계획을 세웠다. 이참에 아예 브랜드를 만들어 보자는 생각에 며칠 만에 이름('a cup of cactus'라고 '선인장 한 잔'이란 뜻의 이름을 붙였다)과 심볼, 스티커를 만들고 블로그도 개설했다. 그 후 석 달 동안 매주 한 번, 많으면 세 번까지 플리마켓에 나가 유리컵에 든 선인장을 팔았다. 그러면서 친한 동료가 생기고 단골도 생겼다. 그들 중엔 식물을 극진히 아끼고 좋아하는 사람도 있었고, 내가 식물을 소개한 덕에 흥미를 갖게 됐다는 사람도 있었다. 그들과 대화를 주고받으며 식물 키우고 파는 일에 대한 보람과 기쁨을 느꼈다.

플리마켓 생활을 몇 달 지속하자 그림에 대한 열망은 뇌리에서 점차 사라져 갔다. 대신 식물 생각의 지분이 늘어났다. 좀 더 안정된 환경에서 화분 제작과 판매를 하고 싶어서 1층에 있는 가게 겸 작업실 자리를 알아봤다. 마침 마포구 염리동에 크고 오래된 비디오 가게가 매물로 나와 있었다. 그곳을 찾아가 둘러본 당일, 바로 계약을 했다. 그리고 리모델링을 거쳐 2015년 가을, 식물성을 개업했다.

사실 '스뎅플'에 대한 기억은 한참을 잊고 있다가 가게를 열고 몇 년 후에야 문득 떠오른 것이다. 내가 만들어 팔고 싶은 식물 화분의 원형이 '스뎅플'의 그것과 너무 비슷했다. 나는 캔 대신 유리컵을 사용하고 야생화 대신 선인장을 심었을 뿐. 심지어 매장 위치도 이대역 근처라니! 단지 우연이었을까? 아니면 기억 저편에서 그 장면이 나에게 계속 손짓을 하고 있었던 걸까?

2001년 초여름의 어느 날, 저녁이 다 되어 가도록 자리를 뜨지 못하고 이화여대 정문길 앞에서 직접 만든 화분을 팔고 있던, 조금 외로워 보이면서도 활기와 의욕이 넘치던 그 안경 낀 30대 청년의 모습이, 어느새 소름 돋을 정도로 내게 똑같이 입혀져 있었다.

식물 가게 주인장의 하루

열쇠 구멍은 문의 맨 위에 달려 있다. 팔을 높이 뻗어 열쇠를 넣고 돌리면 기분 좋게 '달칵' 하는 소리가 난다. 문을 열면 약간의 습기와 함께 공중에 꽉 차 있는 식물 냄새를 맡을 수 있다. 나도 모르게 자연스레 만족스럽고 편안한 미소가 지어진다. 오픈 시간에 맞춰 오는 손님이라면 이 냄새를 진하게 느낄 수 있다. "와, 이래서 식물을 많이 기르라는 거군요!" 하고 놀라움을 감추지 못한다. 겨울에 출근하면 특히나 열대 식물들이 뿜어낸 습기로 내부가 유난히 훈훈하다(이런 것도 산림욕의 일종이라고 할 수 있을지 궁금하다).

겉옷을 벗기 전에 먼저 전체 식물들의 상태를 빠르게 훑어본다. 언제나 다들 예상보다 무사하다. 갑자기 따뜻해지는 초여름엔 마치 모종의 합의를 이룬 것처럼 식물들이 거의 같은 속도로 일제히 자라 있다. 그럴 때면 내게는 들리거나 보이지 않는 식물들끼리의 소통이 느껴진다. 그런 '소통의 날'엔 어김없이 내가 본 것들을 사진으로 남겨 다른 이에게도 공유하고 싶어진다. 소통을 또다시 소통하는 셈이다. 식물의 세계는 모르고 보면 정적이지만 알면 알수록 동적이며, 그걸 알고 보면 아주 작은 움직임도 쉽사리 눈에 띄어 그날그날 나만의 큰 이슈가 된다.

짐을 내려놓고 겉옷을 벗은 다음 앞치마를 두른다. 앞치마를 두를 때면 즐겁다. 일하며 좀 더 마음껏 더럽혀도 괜찮다는 허락 같아서. 그다음엔 주방에 들어가 페트병에 물을 받는다. 2리터짜리 병을 가득 채운 다음 수도를 작게 틀어 다른 빈 병을 받쳐 두고 물을 주러 나갔다 온다. 기민하게 물을 주고 돌아오면 다른 한 병의 물이 다 채워져 있다. 이를 다섯 번에서 열 번 정도 반복하며 식물들의 상황에 맞춰 물을 준다. 내가 지어 둔 임의의 구획에 따라 '시급하게 물을 주어야 하는 식물들' 쪽으로 먼저 가서 흙과 식물의 상태를 살피고 만져 보기도 한 다음 물을 적당량 준다. 오랜만에 물을 머금는 화분에서는 '뽀록 뽀록 뽁뽁뽁뽁' 하고 흙이 물을 힘껏 들이마시는 소리가 나는데, 그게 참 듣기 좋다. 어떤 화분은 아직 덜 말라 '내일쯤 주면 좋겠군' 하고 물 주기를 건너뛴다. 그렇지만 모두 다 한 번씩 살펴는 봐야 한다. 선인장은 웬만해선 물을 주지 않아도 되는 수더분한 녀석이지만 그래도 혹시나 하는 마음에 매번 몸체의 색상 정도는 확인한다.

그렇게 한 시간에서 한 시간 반 정도 물을 주고

나서는 전날 작업하다 놔 둔 화분들을 마저 만든다. 만들기 전엔 '오늘은 딱히 멋진 화분이 나올 것 같지 않은데' 하고 걱정하지만, 새로운 옷을 입은 식물들은 언제나 멋지다. 월요일이나 화요일엔 새로 입고된 식물과 화분을 조합하느라 정신이 없다. 판매용 화분으로 분갈이를 한 다음, 보기 좋은 곳에 진열해 사진을 찍고 바로 컴퓨터로 불러와 보정한 뒤, 빠르게 업데이트를 한다. '오늘은 ○○ 식물 화분을 제작했습니다.'

그 소식을 보고 구매 문의나 예약이 들어오고 당일에 바로 찾아와 구매해 가는 분도 있다. 어떤 손님은 간발의 차로 원하던 식물을 아깝게 놓친다. 한가한 날에는 한두 손님과 간식을 나눠 먹으며 각자 기르는 식물에 대한 이야기를 주고받는다. 손님이 하나도 없는 한가한 날에는 '부재중'이라는 포스트잇을 붙여 놓고 주변 가게에 먹을 걸 사러 가거나, 아니면 먹을 걸 사들고 주변 가게에 놀러 간다. "여긴 손님 좀 있어요?" "아니…… 한두 명?" "와, 나보다 낫네!"

동네 고양이 중 어떤 녀석은 흙냄새가 좋아서인지 풀 냄새가 좋아서인지 호기심을 보이며 은근슬쩍 가게로 들어온다. 성급히 다가가려 하면 화들짝 놀라서 달아나 버린다. 어떤 녀석은 입구를 못 찾아서 가게 저편 베란다까지 달음질쳐 골목으로 뛰어 들어간다. 가게를 운영하며 만난 고양이는 신기하게도 대부분 얼굴과 크기만 다른 황토색 고양이다. '이들은 혹시 모두 혈연관계인 걸까? 누가 부모고 누가 자식일까? 염리동에 고양이 씨족 마을이라도 있나? 그래서 황토색 고양이들만 이렇게 많은 걸까?' 잠깐 상상의 나래를 펼치다 돌아온다.

저녁이 되어 가게를 마감할 때는 가게 앞에 내놓았던 상품들을 안으로 들여 정리하고, 오늘 하루의 전체 매출을 계산해 기록해 둔다. 가장 지겨운 일이다. 이 모든 걸 끝내도 만들면 만드는 대로 또 생기는 게 가게 일이다. 블로그 포스팅을 정리하거나 남은 사진을 보정하다 보면 가게를 마감한 지 두세 시간이나 훌쩍 지나 있다. 그래도 아쉬워서 커피 한 병을 사 와 홀짝홀짝 마시며 음악을 틀고 가게 안의 식물 냄새를 맡으며 앉아 있다. 가끔은 손님과 나눴던 대화의 여운을 떠올리며 일기도 써 본다.

겨울엔 날씨예보로 다음 날 오전의 최저 온도를 확인해 보고 영하 5도 이하로 내려간다고 하면 약하게 난방을 켜 두고 나간다. 다시 힘껏 손을 뻗어 열쇠를 열쇠 구멍에 넣고 돌려 '달칵' 소리를 확인한 다음, 가게를 나선다.

화훼 시장,
어지러운 꽃향기의 소용돌이

여름에 경남 진주의 강주연못에 가면 연꽃 수천 송이가 끝도 보이지 않게 피어 있다. 연못에 도착하기 훨씬 전부터 그 언저리에 꽃이 있다는 걸 먼저 알아챌 정도로 그 향기가 은은하고도 너르게 퍼져 있다. 내가 기억하는 가장 황홀한 꽃향기다. 의외로 살아 있는 꽃 중에, 사람이 향긋하다고 느낄 법한 진한 향기를 지닌 꽃을 만나는 일은 드물다. 길가에 핀 꽃을 보면 자동반사적으로 코를 들이밀며 냄새를 맡아 보는데, 거의 꽃잎이 코에 들어갈 정도로 가까워져도 대개는 특별한 냄새가 나지 않거나 그 향기가 화려하지 않다. 일상에서는 화려한 꽃향기보다 그저 길가의 무성한 풀에서 느껴지는 풋내나 잔디를 깎을 때 느껴지는 알싸함 정도가 식물의 냄새로 기억된다.

화려한 꽃향기는 주로 절화(원예용으로 줄기가 잘린 꽃) 상태로 화훼 시장에서 만날 때 맡을 수 있다. 양재동 화훼공판장과 함께 우리나라 대표 꽃 시장으로 알려진 강남고속버스터미널 화훼상가에서 열리는 일명 '고속버스터미널 꽃 시장'은 자정에 개장한다. 그맘때 꽃 시장에 들르면 마치 급류에 휩쓸리듯 엄청난 에너지의 소용돌이로 빨려 들어가는 것만 같다. 필요한 꽃과 재료를 물색하는 인파를 물줄기 가르듯 묵묵히 뚫으며, 양옆 가판대에 내 어깨까지 쌓인 꽃들을 구경하다 보면 정신이 하나도 없다. 사방에 가득한 물동이, 거기에 꽂힌 절화들이 잘린 줄기 끝으로 끊임없이 물을 빨아올렸다 내뱉으면서 밀폐된 공간 안에 특유의 꿉꿉한 습도를 형성한다. 방금까지 머물다 누군가의 손에 들려 떠난 꽃과 오늘 막 들어온 새로운 꽃의 향기가 다른 냄새들과 뒤엉켜 마치 수천 명의 사람들이 동시에 '와와' 고함을 지르는 것처럼 요란스럽게 후각을 자극해 머리가 아플 지경이다.

꽃을 사서 돌아오니 새벽 3시. 몸은 지치지만 그때부터 부지런히 꽃을 만져야 한다. 나는 손이 느리기 때문에 늑장을 부릴 겨를이 없다. 오늘은 친구의 결혼사진 촬영에 쓸 꽃다발 여러 개를 아침까지 완성해야 한다. 정신없이 꽃을 잡고 다듬고 있자면 그 꽃이 살아 있다는 사실은 적당히 잊는다. 아쉬운 부분은 잘라내며 꽃의 형태를 잡고, 그 형태가 흐트러지지 않도록 고정하고, 왼쪽 오른쪽 돌려 보면서 어디에 뭐가 더 들어가야 할지 무엇을 탈락시켜야 할지 고민하다 보면 산

식물을 자르는 일에 무덤덤해진다. 키 큰 꽃 여러 단이 손에 잡히는 크기의 한 다발이 되기 위해서는 줄기와 잎이 수십 번 잘려 나가 어느새 바닥에는 푸른색 더미가 한가득 쌓인다. 그 푸른 더미는 쓰레기봉투에 담겨 사라진다. 하지만 원래 그 꽃의 냄새만은 아주 진하게, 한동안 가게 안에 남는다.

벌어지고야 알게 된

나의 원예 도구들

이른바 '장비병'이라고 해서 장비를 잘 갖춰 놓는 것에 만족을 느끼는 사람도 있지만 나는 특정한 장비를 구비하고 싶은 욕심이 별로 없는 편이다(사실 화분이나 식물에 대해서도 물욕이 크지는 않다. 물론 뭐든 생기면 기쁘게 쓰기야 하겠지만). 기존에 있던 것 중 편리한 것이 있으면 그걸 쓰고, 정 용도에 맞는 도구가 없거나 불편하면 그제야 원예용품 사이트를 뒤적인다. 그래서 식물 가게를 할 때도 크게 장비가 특별하거나 화려하지 않았다. 내가 그 시절부터 지금까지 즐겨 사용하는 원예 도구들을 소개해 보겠다.

흙을 퍼 담는 도구
- 플라스틱 숟가락, 각종 스쿱

2015년 본격적으로 원예를 시작했을 때 내가 즐겨 쓴 원예 도구는 바로 집 안에 돌아다니던 플라스틱 숟가락이었다. 다육식물은 크기도 작고 흙도 많이 필요하지 않기에 화분이 아니라도 그냥 작은 용기라면 어디든지 심을 수 있다. 잘 쓰지 않는 컵이나 유리 용기, 플라스틱 용기에도 다육식물을 심었는데, 그럴 때 흙을 퍼 담기 좋은 것이 바로 일회용 플라스틱 숟가락이다. 주로 밥숟가락 크기의 반투명한 숟가락을 썼으며 배스킨라빈스의 분홍 숟가락도 초소형 화분 작업을 할 때 유용했다.

서서히 식물 생활을 즐기면서부터 화분 크기가 커졌고 숟가락으로는 감당이 안 될 수준이 됐을 때, 화훼단지에서 진초록색의 플라스틱 스쿱을 샀다(사실 우리가 흙 푸는 도구로 더 잘 알고 있는 모종 삽은 면이 납작하고 커서 그야말로 땅을 파내는 용도로 알맞지, 흙을 퍼서 작은 화분에 담는 작업에는 적당하지 않다). 깊은 원통형의 1500원짜리 플라스틱 스쿱은 내 손 크기에 딱 맞고, 흙을 적당히 풀 수 있어 지금까지도 가장 유용하게 쓰고 있다. 이후에 금속 재질이나 좀 더 고급스러운 스쿱도 사서 써 봤는데 그 진초록색 스쿱의 편리함을 이긴 물건은 없었다. 좀 더 작은 크기로는 시리얼이나 아이스크림을 푸는 용도로 나온 플라스틱 스쿱이 있는데 소형 화분에 두루 쓰기 좋아 강의할 때 자주 추천했던 아이템이다.

식물과 흙을 분리하고 먼지를 터는 도구
– 뜨개바늘, 붓

길이가 길고 힘과 탄성이 있으며, 끝이 너무 뾰족하지 않고 둥근 도구는 분갈이할 때 무척 유용하게 쓸 수 있다. 오래된 화분에서 식물을 분리할 때 마구 자란 뿌리와 흙 사이에 공간을 내기에 딱이며, 새 화분에 옮겨 심은 식물의 뿌리 사이사이에 흙을 찔러 넣기에도 유용하다. 그리고 그런 용도에 딱 알맞은 도구가 바로 뜨개바늘(대바늘)과 붓이다. 그중 내가 더 즐겨 쓰는 도구는 붓. 이유는 간단하다. 미술 작업을 할 때 썼던 붓이 엄청나게 많이 남아 있기 때문이다. 특히 다육식물은 분갈이를 하고 나면 식물에 모래알이나 흙먼지가 끼는 일이 많고, 화분 주변을 털어 내야 해서 붓은 정말 유용했다. 만약 선인장이나 다육식물의 분갈이에 적합한 도구를 찾는다면 돼지 털로 된 유화용 붓을 추천한다. 붓이 단단한 편이라 식물 사이사이에 낀 흙을 빼내기에 아주 좋다.

물 주고 뿌리는 도구
– 생수병, 압축 분무기

나는 원예 도구 중에선 그나마 물조리개에 대한 욕심이 가장 큰 편이다. 사실 가게를 운영한 4년 내내 화분에 물을 줄 때는 2리터짜리 생수병을 사용했는데 이유는 간단하다. 내 편의에 딱 맞는 물조리개를 찾지 못했기 때문이다. 용량이 1리터 내외인 물조리개도 사용해 봤지만 물을 받으러 자주 왔다 갔다 하느라 불편했다. 딱 2~4리터 용량의, 들기에도 편하고 흙이 잘 튀지 않을 정도로 물이 얌전하게 나오는 물조리개를 찾고 있는데 지금까지도 썩 맘에 드는 게 없다(혹시 그런 물조리개를 아는 분이 있다면 알려 주시기 바란다).

그리고 식물을 돌보는 데 빼놓을 수 없는 것이 바로 압축 분무기다. 공중습도를 올리고 식물 잎에 수분을 보충하기 위해 사용하는데 난방기를 트는 겨울에는 정말 수시로 물을 뿌려 줘야 잎이 마르지 않는다. 근데 이 압축 분무기들은 가격에 비해 대부분 내구성이 좋지 않아서 꽤 여러 번 다시 사야 했다. 물을 끌어올리는 펌프질이 잘 안 되거나, 분무가 제대로 되지 않거나, 때로는 그냥 부서지기도 했다. 원예용품점에서 취급하는 압축 분무기라면 거의 다 써 봤지만 내 경험상 알려진 브랜드 제품이라고 해서 더 좋지도, 이름 없는 중국산이라 해서 더 나쁘지도 않았다. 요즘 입수한 정보로는 세차용 압축 분무기가 좋다고 해서 살지 말지 망설이고 있다.

그 외
- 라텍스 장갑 및 원예용 장갑, 분갈이 매트, 앞치마

지금은 대부분 맨손으로 원예 작업을 하지만 가게 초창기 1~2년간은 손에 흙을 묻히는 게 어색해서 라텍스 장갑을 꼭 끼고 일했다. 지금도 질척이는 흙을 다룰 땐 라텍스 장갑만 한 게 없는 것 같다. 맨손일 때보다 흙이 많이 묻지 않고 작업을 끝낸 후에도 마른걸레로 털면 그만이다. 그리고 가시가 많거나 크고 거친 식물을 만질 땐 꼭 원예용 두꺼운 장갑을 사용한다. 특히 천년초와 같이 잔가시가 독한 선인장을 다룰 때는 아무리 단단하게 마감된 장갑을 껴도 가시가 뚫고 들어오기 때문에 여러 겹을 껴야만 한다.

분갈이 매트는 마당이 없는 일반 가정에서 원예 작업을 할 때 꼭 필요한 도구다. 원래 뭐든 치우는 게 번거로우면 시작조차 하기 싫은 법이다. 분갈이 매트를 사용하면 바닥을 더럽히지 않으며, 주로 천막 재질로 되어 있어 반영구적으로 사용할 수 있고 씻기에도 편리하다. 원예 생활을 편하게 만드는 일등공신이랄까?

앞치마는 도구를 수납할 수 있는 주머니가 달린 게 좀 더 유용하지만, 그냥 아무 앞치마라고 해도 안 입는 것보다는 낫다. 사실 나는 실용성보다 일종의 심리적인 안정감 때문에 앞치마를 입을 때가 많다. 앞치마를 입지 않아도 옷이 많이 더러워지는 일은 별로 없지만 앞치마를 덧입으면 한층 작업에 집중도가 올라가고 과감해지는 효과가 있다. '입는 것만으로 능력치가 올라가는 아이템'이라고 표현하면 딱 적당한 것 같다.

원예는 우아한 일이 아니다

종종 대중매체에서 꽃집이나 원예업을 다룰 때는 '향기로운 꽃과 풀로 가득한 가게를 우아하게 지키는 여성'이라는 이미지 공식이 존재하는 것만 같다. 물론 꽃집과 화원은 식물들이 뿜어내는 영롱한 아름다움이 넘쳐흐르는 우아한 공간이지만 동시에 강한 체력이 요구되는 거친 일터이기도 하다. 그래서 꽃집 하면 떠오르는 게 여성의 이미지일지 몰라도 대규모 조경 작업이나 야외 정원을 관리하는 일에선 남성의 비율이 훨씬 높다. 아무래도 중장비가 동원되는 소위 '노가다'에 가까운 고된 일이기 때문이다.

그에 비하면 덜하겠지만 꽃집이나 화초 가게의 일도 그 성격은 비슷하다. 겉으로 보기엔 평온해 보이는 나의 식물 가게에서도 매일 혼자만의 격렬한 사투가 벌어졌다. 돌과 흙, 물 등 부피에 비해 꽤 무거운 물건들을 일상적으로 날라야 하고, 또 살아 있는 생명체인 식물이 판매될 때까지 건강하게 유지 관리해야 한다. 사실 멋진 화분 상품을 구상하는 것은 미적인 감각만 좀 있으면 어렵지 않게 할 수 있는 일이다. 하지만 단순히 식물 디자인 작업에 매료되어 이 일을 시작한다면 정작 그것을 실현하기 위한 모든 일들이 굵직한

난관이나 다름없을 것이다. 온갖 재료를 옮기고 정리하고 화분을 제작한 뒤 팔릴 때까지 꼼꼼히 관리하다 보면 체력적으로 부담을 느끼거나 예기치 못한 변수에 맞닥뜨릴 수 있으며 그때마다 다양한 방식으로 대처해야 한다.

그래도 실내 원예는 식물에 대한 애정만 있으면 적응할 만한 강도의 일이라고, 개인적으로는 생각한다. 나 역시 처음 가게를 운영할 땐 모든 일이 버겁고 힘에 부쳤지만 시간이 지나고 일에 적응하면서부터 전보다 체력이 좋아지고 일에 속도가 붙은 것도 사실이니까. 추측일 뿐이지만, 식물이든 동물이든 살아 있는 것을 주변에 많이 두고 살면 어떤 방식으로든 서로 영향을 주고받는다.

아무튼, 식물을 전문적으로 키우는 일은 그리 우아하지 않다. 지금부터 이어질 이야기는 원예의 고단함에 관한 것이다.

까 봐야 아는 일, 분갈이 작업

화분에 식물을 심노라면 마치 마법을 부린 것처럼 순식간에 주변이 너저분해진다. 하지만 가게란 자고로 늘 깔끔하게 유지되어야 하므로 너저분함이 발생하는 즉시 부지런히 치워 없애야 한다. 손님들이 보고 싶어 하는 것은 가지런히 진열된 그림같이 예쁜 식물 화분, 물 흐르듯 자연스럽게 계산을 마치고 빳빳한 쇼핑백을 열어젖혀 식물을 흐트러짐 없이 가지런하게 담는 능숙한 가게 주인이다.

하지만 그런 모습이야말로 가게에서 가장 보기 드문 찰나의 깔끔함이다. 식물 가게 주인장 생활 4년이면 손바닥만 한 작은 화분 수십 개 정도는 주변을 거의 어지르지 않고 만들 수 있다. 하지만 사람 키만 한 식물을 심는 일이라면? 작은 화분에 비해 힘도, 재료도 열 배 이상 소모되기에 만만한 작업이 아니다. 좀 다른 의미로 진땀 나는 경우는 손님이 비좁은 화분에 오래 기른 식물을 가져와 분갈이를 해 줄 때다. 힘과 요령이 필요한 일인 데다가 누군가가 애써 기른 소중한 식물을 혹여 내가 망가뜨리기라도 할까 봐 조금 긴장되기 때문이다.

한번은 어떤 손님이 금전수 화분을 가져왔다. 꽤 오래 키웠는데 화분이 너무 작아서 그런지 언젠가부터 잘 자라지 않는다며 널찍한 화분으로 갈아 달라고 하셨다. 나는 별생각 없이 "잠깐만 기다리시면 금방 끝난다"라고 너스레를 떨며 손님을 잡아 세웠다. 분갈이야 늘 하는 일이니 어려울 게 없었다. 그런데 자신 있게 금전수의 몸체를 잡고 화분에서 빼내려고 했지만 꿈쩍도 하지 않았다.

사실 금전수는 대부분의 관엽식물(주로 잎의 아름다움을 감상하기 위해 키우는 원예 식물)들에게 없는 비범한 특징이 있는데, 바로 알감자 같은 덩이뿌리를 달고 있다는 점이다. 그 덩이뿌리가 화분의 턱 안쪽에 걸리는 바람에 더더욱 꺼내기가 어려웠던 것이다. 보통 분갈이를 할 때 길고 가는 막대를 넣어 흙과 뿌리를 살살 분리하다 보면 순조롭게 뿌리가 딸려 나오는데, 이번에는 금전수의 덩이뿌리가 다칠까 봐 극도로 조심스러웠다. 화분과 흙의 경계선 부근을 살짝 찔러보았더니 아무래도 뿌리가 많이 자라 사각 화분의 귀퉁이까지 틈 없이 꽉꽉 들어차 있는 것 같았다.

째깍째깍. 시곗바늘이 움직이는 소리가 선명하게 들렸다. 시간이 꽤 흘렀는데도 이러지도 저러지도 못하는 통에 등줄기에선 식은땀이 흘렀다. 물론 그때는 땀이 흐르는지 내 몰골이 어떤지는 전혀 신경 쓸 겨를

이 없었다. 어쩌면 최후의 방도로 화분을 깨야 할지도 모른다고 생각하면서 흙의 알갱이를 세는 심정으로 아주 조금씩 파냈다. 그제야 금전수 줄기가 아주 미세하게 조금씩 위로 딸려 올라오는 것이 아닌가. 살았다! 흙을 겨우 비집어 식물을 완전히 밖으로 꺼냈다. 작업이 끝나 손님에게 새로운 화분에 심은 금전수를 들려 보내고 혼자가 된 다음에야 내가 온통 땀으로 범벅된 것을 알았다.

또 다른 경우도 있었다. 이번에 나타난 분갈이 복병은 가게의 건물주가 키워 온 군자란이었다. 건물주 내외는 우리 가게 위층에 살고 있었는데, 가끔 철마다 옥수수나 김치 등 먹을거리를 나눠 주러 오실 때 말고는 거의 왕래도 간섭도 없는 이상적인 분들이었다. 12월 말 한창 추운 겨울에 일거리가 없어 놀고 있는 내가 신경 쓰이셨는지, 주인 내외가 큰 군자란 화분을 갖고 내려오셨다. 무려 13년 동안 흙을 갈지 않고 한 화분에서 키운 군자란이었다. 오랫동안 양분 없이 자랐을 텐데도 빵빵하고 튼튼히 자란 군자란은 본체 옆에 작은 군자란을 셋이나 거느리고서 그 좁은 화분에서 가족을 이루고 있었다.

건물주는 화분을 맡기고 올라가셨고, 나는 물을 준 지 얼마 안 된 그 군자란 화분의 젖은 흙을 퍼냈다. 그리고 기력을 총동원해 13년 묵은 몸뚱이를 뽑아내자 마치 10인분 우동사리같이 거대한 뿌리가 뒤엉킨 채 드러났다. 먼저 엉킨 뿌리의 상당 부분을 잘라 낸 후 가닥가닥 조심스럽게 분리했다. 지금껏 직경 30센티미터 화분에 갇혀 산 군자란 가족에게 각각 독립된 공간을 마련해 줄 생각이었다. 모든 분갈이를 끝낸 후, 가게 안에는 마치 오병이어의 기적이라도 일어난 듯 종전과 비슷한 크기의 군자란 화분 세 개가 늠름한 자태로 서 있었다.

치열한 전투의 흔적을 찾아볼 수 없도록 깔끔하게 정리를 끝내자마자 어떻게 알았는지 주인 내외분이 내려오셨다. 아쉬웠다. 내 눈으로 봐도 믿을 수 없었던 그 어마어마한 우동사리 뭉치를, 그리고 능숙한 나의 분갈이 실력을 직접 보셨어야 했는데. 그런 거대한 뿌리가 뒤얽힌 모습은 나도 자주 볼 수 없는 광경이어서 나중에 다시 보려고 사진으로 고이 남겨 두었다.

굵어지는 팔뚝 주의, 자재 나르기

일단 흙과 물, 이 두 가지는 늘 식물과 함께하는 요소다. 자연 상태라면 그냥 너른 땅에 아무렇게나 돋아났을 식물을 '보기 좋게' 기르려다 보니, 사람이 식물의 집을 옮겨 주고 흙을 더하고 없는 비를 만들어 뿌리며 난리법석을 떠는 게 바로 원예다. 식물을 심을 때는 항상 여분의 새 흙이 필요하기 때문에 식물만큼 흙과 자갈을 많이 만지게 된다.

흙과 자갈은 원예가의 업보처럼 무겁다. 그중에서도 굵은 모래로 된 마사토 자루는 20~30킬로그램쯤 되어 웬만한 화분이나 흙은 번쩍번쩍 드는 나도 이 자루만큼은 힘겹게 끌고 다니거나 바퀴 달린 트레이에 얹어 질질 끌고 다닐 정도다. 흙과 못 쓰는 화분 등을 담아 버리는 폐기물 자루는 또 어떻고! 빈 화분도 꽤 무거운데, 사람 키만 한 식물을 심는 데 사용하는 큰 토분 하나는 어림잡아 6~7킬로그램쯤 된다. 식물을 심은, 거기다 물을 준 지 얼마 안 된 화분이라면 두 배 이상 무거워진다. 이제 나는 하도 자주 들어 요령이 생긴 덕분에 웬만한 큰 화분도 번쩍 들어 올리지만 가끔 가게 배치를 전부 바꾸기 위해 100여 개가 넘는 크고 작은 화분들을 옮긴 날이면 온몸이 땀에 흥건히 젖곤 했다.

완성된 화분들은 다른 여느 상품들과 마찬가지로 이른바 '배치 발'이란 걸 받는다. 물론, 구석의 잘 안 보이는 자리에 둬도 매의 눈으로 찾아내는 손님도 있지만 보통은 눈에 잘 띄는 곳에 배치한 식물에 눈이 먼저 간다. 적당한 높이의 선반이나 받침대를 만들어 올려놓으면 안 팔리던 화분이 갑자기 팔릴 때도 있다. 식물을 건강하게 키우기 위해 창가에서 선반, 선반에서 테이블, 테이블에서 다시 창가로 계속 배치를 바꿔 주기도 한다. 햇빛을 좋아하는 식물이 골골댈 때면 밝은 베란다로 옮겨 건강이 충분히 회복될 때까지 요양하게 한다. 그만큼 팔뚝에는 잔 근육이 붙는다.

또 하나, 의외로 화원을 하지 않으면 잘 모르는 사실인데 화원에서 나오는 흙과 화분 조각은 일반쓰레기가 아닌 대형폐기물로 분류된다. 초반에는 그 사실을 모른 채 일반 종량제 봉투에 쓰레기를 버렸다가 환경미화원에게 주의를 들었다. 그 후로는 대형폐기물 중 산업폐기물용 자루를 구입해 거기에 쓰레기를 담아 수거 업체에 가져가라고 연락을 했다. 산업폐기물용 자루는 50리터짜리 한 장에 5100원이나 하므로 아까운 맘에 자루 맨 끝까지 흙과 빈 화분을 꽉꽉 채워 넣는데, 그러고 나면 도저히 가게 밖까지 들고 나갈 수 없는 무게가 된다. 아마도 우리 가게 앞을 자주 지나다닌 주민들은 가게 문을 활짝 열어젖히고 쓰레기 자루와 몸싸움을 하는 사람을 한 번쯤 본 적이 있을 것이다 (나중에는 화분을 받치는 바퀴 받침을 이용해 최대한 덜 우스꽝스럽게 쓰레기를 나르는 방법을 고안해 냈다).

섬세한 주의력이 생명, 식물들 관리

한 번 만든 화분은 팔릴 때까지 계속 유지 관리를 해야 한다. 하지만 초창기 1년 정도는 그 유지 관리 때문에 종종, 아니 늘 당혹감에 시달렸다. 내가 아무리 취미로 식물을 많이 길러 봤다고 해도 세상에 존재하는 모든 식물과 생육조건에 대해 다 예측하고 대처할 수 있는 척척박사는 아니었기 때문이다. 예를 들어 틸란드시아를 비롯한 열대 관엽식물처럼 비가 올 때 밖에 내놓으면 그 비를 맞으며 건강해지는 식물도 있지만, 선인장이나 다육식물처럼 자주 젖으면 안 되는 식물도 있다. 로즈메리는 좀 춥더라도 바람을 모질게 맞혀야 건강하게 자라지만 스파티필름은 '온실 속 화초'라는 말이 딱 어울리는 식물로 습하고 포근한 환경을 좋아한다. 또 유칼립투스처럼 분갈이를 할 때마다 몸살을 앓는 예민한 식물도 있다. 식물은 크게 종류와 원산지의 기후, 작게는 당장 그 식물이 놓인 위치나 날씨에 따라 물 주는 주기가 다르고 또 계속 달라지는데, 식물 돌보기에 그런 리듬이 존재한다는 사실을 처음엔 잘 알지 못해서 흐름을 익히기까지 꽤 시간이 걸렸다.

게다가 원래 예정보다 가게 공사가 늦어지는 바람에 하필 한파가 닥치기 직전에 문을 열었고, 어찌 보면 그때는 식물 가게 개업 시기로는 최악의 타이밍이었다. 문을 연 지 채 한 달도 안 되어 첫눈이 왔다. 아니나 다를까, 실내에서 기르는 식물들이 추위에 얼마나 약한지 잘 몰라 열대 식물들을 문가에 두었다가 얼려 죽이는 낭패를 보았다. 어느 날 가게에 나가 보니 스파티필름 몇 개가 (누가 봐도 완전히 생을 포기한 것처럼) 바닥에 축 늘어져 있었다. 사실 며칠 전부터 스파티필름이 시름시름 앓는 것처럼 보여 걱정해 놓고도 어느 정도로 수선을 떨며 관리해야 할지 몰라 방관만

했던 것이다. 그 후로 몇 번 더 그런 일이 있고선 식물별 월동 온도를 공부하고 난방기를 조절해 보며 감을 잡았다. 이듬해 겨울부터는 그날그날 기온을 다 꿰고 다닌 덕분에 종종 난방기를 꺼 놓아도 문제없을 정도로 겨울철 식물 관리에 능숙해졌다.

의외로 여름 역시 식물 관리에 주의가 필요한 시기다. 실제 식물성에서도 겨울보다 여름에 급사하는 식물이 더 많았을 정도다. 가게에서 파는 관엽식물 상당수가 열대에서 자생하는 종류라 언뜻 더운 건 문제가 되지 않을 것 같지만, 기온 차가 극단적인 한국의 사계절은 열대 기후와는 확연히 다르기도 하고 환기가 잘 안 되는 실내에서 맞는 더위라는 점이 문제였다. 공기에서 축축하게 물이 묻어나는 습한 여름, 30도가 넘는 더위 속에서 식물이 스트레스를 받거나 바이러스 등에 감염되어 죽는 건 이상한 일이 아니다. 특히 가게를 연 2015년부터 2018년까지 매년 여름 최고기온이 37~38도까지 올라갔으니 식물도 또 그 식물을 관리하는 사람에게도 꽤나 끔찍한 계절이었다. 일단 기온이 30도가 넘으면 에어컨을 너무 낮지 않은 온도로 세팅한 뒤 에어 서큘레이터를 틀어 강한 바람으로 공기를 순환해 열기를 식혀 주었다. 이렇게 모든 계절이 두 번 정도 돌아가고 나서야 진정 여유롭게 식물들을 관리할 수 있었다.

가게에 출근하면 가장 먼저 식물들을 둘러보고 물을 주었다. 가게 안을 돌아다니며 일단은 흙이 마른 화분을 체크하고 물을 주는데, 한꺼번에 많은 물을 들이부으면 흙이 넘쳐 화분이 쉽게 지저분해지므로 늘 생수병이나 물조리개를 이용했다. 제일 큰 화분은 10리터 내외의 대형 물조리개로 한꺼번에 물을 줬다. 큰 화분은 손가락을 흙에 찔러 넣어 만지면 습기가 남아 있는 정도를 알 수 있고, 작은 화분은 그냥 손으로 들어 보는 것으로도 건조한 정도를 알 수 있다.

온도 조절이 미래에 일어날 불상사를 막는 예방적인 습관이라면, 물 주는 것은 그날그날의 상황에 맞추는 반응적 습관이었다. 다행히 눈썰미는 좋은(=눈썰미만 좋은) 나는 물 주는 일에서 큰 스트레스를 받진 않았다. 특히 식물의 성장기인 늦봄부터 여름까지는 식물에 물을 주자마자 자라는 모습이 눈에 띌 만큼 그 변화가 극적이어서 식물 각각을 관찰하는 게 무척 즐거웠다. 그러나 그렇게 되기까지 매일 수없이 다양한 식물들을 유심히 살펴보고 손으로 만지며 관찰하는 연습이 필요했다. 워낙 많은 식물들이 있었기에 모든 화분에 꼼꼼히 정성을 쏟기에는 역부족이었지만, 최소한 내 무신경함에 식물이 '방치되어 죽는' 불상사는 막고 싶었다. 어느 생명에게나 그것은 가장 끔찍한 죽음일 것이므로.

식물과 화분에도
트렌드가 있다

보통 장사를 하려면 트렌드를 잘 파악해야 한다는데 나는 트렌드를 일부러 찾아보는 사람은 아니었다. 어떤 식물을 놓고 팔지는 트렌드를 좇느냐 아니냐가 아닌 내 취향으로 판단해야 할 문제라고 생각했기 때문이다. 게다가 이미 '식물을 기르는 사람' 자체가 트렌드라면 트렌드인 것 같고, 앞으로 식물 기르는 사람들이 더 늘어날 거라고 예감해서 식물성을 운영하면서도 애써 트렌드를 파악하려고 하진 않았다. 한편으로는 굳이 찾아보지 않아도 수없이 지나가는 SNS의 피드를 통해 실험적인 가드너들의 새로운 시도를 볼 수 있어 간접적으로 영향을 주고받긴 했다.

지금 생각해 보면 자연스레 트렌드를 접할 기회는 많았다. 화훼단지에 가서 새로 나온 품종을 보는 것도 식물 트렌드를 피부로 느끼는 방법 중 하나다. 도매 시장에 가면 매해, 매 계절 새로운 품종이 등장한다. 새 품종은 원래 있던 원예종(우리 주변에서 볼 수 있는 모든 재배 품종)과 모양은 흡사하면서도 잎 또는 줄기에 독특한 색이나 무늬가 있거나 약간 변형된 모양을 띠고 있다. 해당 식물의 수요가 늘어나면 이듬해에는 더 다양한 품종이 등장하기 때문에 새로운 품종만 잘 살펴도 사람들의 선호도를 파악할 수 있다. 특히 박쥐란이나 립살리스, 디시디아처럼 흙이 거의 필요하지 않아 가볍게 천장이나 벽을 장식할 수 있는 행잉플랜트hanging plant('에어 플랜트air plant'나 '공중 식물'이라고도 한다)는 2016년 무렵부터 본격적으로 도매 시장에 등장해 지금까지도 매년, 매 시즌 다양한 품종들을 볼 수 있다. 플랜트와 인테리어를 합성한 플랜테리어planterior라는 말이 유행할 정도로 식물은 어느새 가성비 좋은 인테리어 소품으로 자리 잡았다. 화분 식물만으로는 공간을 다채롭게 채우지 못하니 행잉플랜트나 수생식물처럼 다양한 습성으로 자라는 식물들까지 대량 재배해 공간 구석구석을 채우는 용도로 소비되는 게 아닐까 싶다.

이렇게 비슷비슷한 식물들 사이로 전에 본 적 없는 특이한 식물을 발견하면, 판매자보다는 취미 원예가로서 흥분한다. 팔 물건을 사 올 때 대단한 전략 같은 건 없다. 항상 스스로를 제일 첫 번째 소비자라고 생각하고, 그렇지만 나와는 또 다른 사람들의 취향을 생각해 보며, 그간의 판매 기록을 참고해 약간 특이한 취향을 더하거나 조금 자제해 가면서 적당히 사 오곤

했다.

오프라인으로만 운영하는 가게 특성상 유지하기 쉬운 식물 위주로 사려다 보니 정작 나를 흥분하게 한 희귀식물이나 비싼 꽃식물은 제외해야 한다는 게 가장 아쉬운 점이었다. 그나마 식물 가게는 계절에 맞는 다양한 꽃식물의 싱그러움으로 채워져야 한다며 계절감이 느껴지는 식물을 조금 사며 타협할 때도 있었다. 특히 봄이나 가을엔 기분을 내며 꽃식물을 골라 오지만 그중 20~50퍼센트가 결국 팔리지 않는다. 원예가들이 좋아하는 장미, 혹은 히아신스나 수선화 같은 구근 식물은 정원에 흐드러지도록 심지 않고 어린 묘 하나만 화분에 심을 경우 생각보다 볼품없다. 늘 꽃이 피어 있거나 자주 꽃피고 지는 몇몇 식물 말고는 불과 며칠이 지나지 않아 시들어 버리는 데다, 시들면 다시 필 때까지 오래 걸리기 때문이다. 잘 피어 있는 꽃식물을 사 와 분갈이를 하면 며칠 지나지 않아 꽃이 시들고 잎만 덜렁 남아 난감할 때도 있었다. 또 종종 어르신들을 고려해 난을 좀 들여놓을까 하다가도 그런 식물은 비싸기도 하고 관리도 어려워 가져다 놓을 수 없었다.

식물의 일부는 가게에서 시들시들 있다가 곧 죽

는다. 시장에서 가지고 올 때 잘 키울 자신이 없다면 아무리 신경을 써도 결국엔 상태가 안 좋아졌다. 이런 식물들을 폐기할 때면 공연히 내 욕심을 채우느라 데려와 죽인 것 같아 항상 마음이 좋지 않았다. 그래서 점점 더 고무나무 종류나 싱고니움, 스파티필룸 같은 천남성과科 식물처럼 잘 버티고 무난한 '안정적인 선택'을 하게 되고, 소포라처럼 수형이 중요하고 원가가 비싼 식물이나 대형 식물은 주문 제작만 진행했다.

식물은 같은 종이라 해도 각각이 미묘하게 생김새가 다르며 기르는 방법에 따라 판이한 수형으로 자란다. 예를 들어 똑같은 종류의 선인장이라 하더라도 새끼손톱만 한 크기의 작고 어린 것, 중심 대가 우직하게 자라 단순하면서도 명료한 것, 자구(가지)를 뻗어 튼튼한 팔을 자랑하는 듯한 귀여운 것, 햇빛이 부족해 줄기의 윗부분이 양초 심지처럼 쪼그라든 것 등등 다른 모습으로 자란다. 또한 이들은 각각 어울리는 옷, 즉 화분에 심어질 때 고유의 매력이 더 잘 드러난다.

다행히 요즘엔 소비자의 여러 취향과 트렌드에 따라 다양한 형태와 색상의 화분이 출시되고 있다.

5년 전쯤엔 시멘트 화분이 크게 유행했다. 그땐 어떤 식물이든 시멘트 화분에 심으면 도회적이고 세련된 상품처럼 보였다. 그러나 시멘트 화분은 다른 종류에 비해 무거워 매번 화분을 옮겨 물을 주는 사람에겐 추천할 수 없고, 직각 형태가 많아 종아리 높이 정도만 되어도 손으로 들기 버거울 뿐만 아니라 모서리가 깨지면 금세 티가 나는 등 관리상의 단점이 있었다. 그래도 당시엔 하도 시멘트 화분을 찾는 손님이 많아서 나로서도 아예 무시할 수 없는 유행이었다. 그러나 곧 세련된 화분에 대한 요구는 금속이나 금속 느낌을 주는 도자기 화분으로 방향을 틀었고, 한편으로는 소박하고 자연스러운 느낌을 주는 토분에 대한 요구가 많아지면서 시멘트 화분의 유행도 조금씩 사그라졌다.

식물성의 화분도 통기성이 좋고 색감도 자연스러운 토분으로 대부분 교체해 사용했다. 토분은 물 얼룩이 잘 생기기 때문에 조금 부지런히 관리해야 하는 단점이 있지만 통기성이 아주 뛰어나 실내에서 식물들을 기르는 데 그만한 게 없다. 식물의 관리와 유지에 직접적으로 도움이 되는 만큼 점점 더 토분만 선호하게 됐고 그게 또 자연스레 비슷한 취향의 손님들을 끌어당기는 역할을 했다. 새로운 형태와 색상의 토분에 대한 수요도 생겼다. 내가 좋아서 선택한 거라고 생각했지만 이 역시 거대한 흐름의 일부였는지, 화분 가게나 자재 가게에서도 더 다양한 형태와 색상의 토분들을 볼 수 있었다. 처음에는 위로 갈수록 넓어지는 스탠더드형만 있었는데 원통형, 직사각형, 두툼한 종형, 항아리형, 비정형의 화병 같은 토분도 등장했다. 이렇게 화분 종류가 늘어난 덕에 나도 더 다양한 조합으로 식물을 심어 보는 실험을 시도할 수 있었다.

식물 가게는
부지런함으로 굴러간다

식물 가게는 엄연히 자영업의 영역 안에 있다. 화훼 시장에 가서 식물을 사 오고 심고 돌보는 일이 식물 가게의 핵심인 것은 맞지만, 자영업자의 세상에선 그보다 더 다양한 일들이 일어난다. 여기에는 식물 가게에서 식물을 돌보는 것 외에 일어나는 일들을 소개한다. 이러한 부지런함으로 가게가 굴러갔다.

다양한 채널로 홍보하기

나는 2014년부터 해 오던 인스타그램에 새로운 계정을 만들어 식물성을 준비하는 과정부터 매일매일 소식을 올렸다. 인스타그램은 해시태그만 붙이면 모르는 사람들도 쉽게 피드에 접근할 수 있어 더없이 편리한 SNS 플랫폼이다. 가게의 위치, 가게에서 파는 물건, 가게에서 하는 일, 가게의 정체성 등을 직관적으로 알려 주기 때문에 해시태그를 붙이는 일에 가장 신경을 썼다.

특히 당시 사람들에게 잘 알려지지 않은 동네인 염리동(지금도 잘 알려지지 않은 것 같은 이 동네는, 지하철 이대역과 서강대역, 공덕역 사이에 있어 실은 접근성이 꽤 좋은 곳이다)에 가게를 차렸기 때문에 어떻게 하면 이 생소한 동네로 사람들을 끌어올 수 있을지 고민을 많이 했다. 사실 염리동에 자리 잡은 데 특별한 이유가 있었던 건 아니다. 나의 활동 반경과 멀지 않았고, 접근성이 그다지 나쁘지 않으면서도 월세가 저렴한, 거의 유일한 동네였기 때문이다. 아직 알려지지 않은 곳이긴 해도 이런 가게에 흥미가 있으면 찾아올 사람들이 꽤 있을 것 같았다.

이미 이 동네에 먼저 자리 잡은 1인 가게들이 있어 더 긍정적이었다. 한 블록만 내려가면 '일단 멈춤' '퇴근길 책 한 잔' 같은 독립서점이 있고 언덕을 넘어가면 '언뜻 가게'라는 공유 주방 겸 식당이 있었다. 그 주인장들이 비슷한 나이대에 비슷한 종류의 고민을 품고 사는, 모험을 감행할 줄 아는 사람들이라는 것은 굳이 말을 나누지 않아도 알 수 있었다. 인스타그램으로 염리동에 해시태그를 넣어 사진을 올리자 이들 또래 사장님들로부터 가장 먼저 반응이 왔다. 곧 주변의 1인 가게 사장님들, 젊은 주민들과 서서히 친분이 생겼다. 또 식물성이 생긴 후 몇 달 간격으로 다른 가게들도 꾸준히 생겨 작게나마 1인 가게의 상권도 생겼다. 다들 장사하느라 바쁜 와중에도 가끔 SNS로 연계

이벤트를 벌여 서로의 팔로워를 공유하기도 했다.

나는 새로 입고된 식물 사진이나 새 소식을 매일 한 번씩은 인스타그램에 챙겨 올렸는데, 작고 한정된 공간에서 '소식 거리'가 될 만한 걸 만들려다 보니 가게와 가게 주변에서 일어나는 아주 작은 해프닝도 예민하게 포착하는 습관이 생겼다. 꺾꽂이(가지나 잎을 잘라 다시 심어 재배하는 방식)를 한 식물이 뿌리를 내리면 뿌리가 내렸다고 사진을 올리고, 새순이 돋으면 새순이 나왔다고 사진을 올리고, 옆 가게에서 화분을 사러 오면 이조차도 놓치지 않고 염리동의 소식으로 전했다. 이러한 포스팅은 여전히 취미 원예인의 피가 흐르는 나의 원초적인 기쁨과도 맞닿아 있었고, 가게 홍보를 위한 수단으로서도 꽤 괜찮은 방법이었다.

이후에는 페이스북과 블로그로도 소식을 공유하거나 조금 더 긴 글로 식물이 단순히 상품이 아니라 살아 있는 생명으로서 꾸준히 관리할 필요성이 있다는 이야기와 함께 식물 관리법을 열심히 알렸고, 아마도 이런 점들이 이후에 책을 내게 된 직접적인 계기가 된 것 같다. 처음엔 내가 혼자 정리해 두고 싶어 쓴 글들이었지만 결국에는 많은 사람들에게 참고가 되고 다양한 의미를 나누는 일이 됐다.

강연과 워크숍

나는 아주 어렸을 때부터 숫기가 없는 성격이라 발표라면 그냥 묻어 두고 도망가기에 바빴다. 남들 앞에 서서 무언가를 말한다는 건 상상만 해도 울렁거리는 일이다. 사실 지금도 그런 무대공포증이 남아 있다. 간혹 식물 강연을 하거나 북토크를 할 때 참석한 분들은 내가 이런 호들갑과는 달리 생각보다 여유롭게 진행해서 놀랐다고 이야기하신다. 하지만 사실 여러 강연을 거치면서 '능숙해 보이는' 기술을 터득한 것일 뿐이지 태곳적 두려움이 말끔히 사라진 건 아니다. 강연장으로 향하는 길부터 강연장의 마이크를 잡는 순간까지 언제나 긴장감으로 가슴이 두근거린다.

가게를 연 이듬해, 서점을 운영하는 모 업체에서 교육 프로그램 브랜드를 만들면서 내게 정기 강연을 해 보지 않겠냐고 제안해 주셨다. 무척 떨리고 두려운 일이긴 했으나 오래 고민하지 않고 바로 하고 싶다고 말씀드렸다. 화분을 판매하는 것만으론 수입이 부족했기 때문이다. 그러고 나서 강연할 내용을 짜는데……

그때야 깨달았다. 내가 의외로 하고 싶은 말이 많은 사람이란 것을. 강연 자리가 두렵다는 마음은 그대로였지만, 준비한 내용을 사람들에게 전달할 생각을 하면 설레기도 했다.

강연은 '식물을 기르려는 사람이 흔히 겪는 좌절의 경험'이라는 주제로 시작했다. 이런 경험이라면 숱하게 있었고, 내가 처음에 선불리 원예를 취미로 갖지 못한 심리적인 이유이기도 했기에 이에 공감할 사람도 많을 거라고 생각했다. 가드닝을 하며 매번 좌절할 수밖에 없는 원리에 대해 이야기하며 웃다가도, 우리가 그 경험을 통해 얻을 수 있고 배울 수 있는 게 많다는 것을 강조해서 설명했다. 그렇게 워밍업을 하고 2부에선 본격적으로 식물의 종류과 상황에 따라 어떻게 관리해야 하는지 구체적인 노하우를 알려 드렸다.

이렇게 업체와 강연을 진행한 다음엔 가게에서 독자적으로 매달 다른 테마로 식물 화분을 만들어 보는 '식물성 수업'을 진행했다. 시즌에 맞는 식물 화분, 미니 다육식물 테라리엄terrarium(유리그릇이나 유리병에 작은 식물을 재배하는 일), 카네이션 꽃다발 만들기 등등. 이런 1일 수업은 약 3개월 정도만 진행하고 더 이상

지속하진 못했다. 아무래도 개인 인스타그램이라는 단독 채널을 통해 수강생을 모집하는 데 한계가 있었고 그 사이에 제안받은 다른 프로젝트로 인해 정기적인 수업 진행이 어려워졌다. 그 뒤로는 내가 책을 내게 되면서 책 발간에 관련한 북토크 행사나 출장 워크숍을 진행하게 됐다.

이런 일들은 사실상 가게 자체에 대한 홍보라기보다 결국 나 개인의 활동에 더 초점을 맞춘 것이었다. 강연을 하면서 나와 비슷한 주제에 관심이 있는 사람들과 직접 소통할 기회를 얻는 게 좋았다. 강연에서 받은 질문들이 앞으로 내가 하고 싶은 활동에 대한 또 다른 계기를 만들어 주기도 했다.

내겐 너무 어려웠던 계산기 두드리기

장사라는 걸 처음 하는 입장에서 어렵고 난감했던 부분이 바로 수익과 마진을 계산하고 정산하는 일이었다. 가게를 연 초기에는 공간 절반을 편집숍으로 운영했다. 여러 작가, 브랜드의 물건들을 입점하고 수수료를 제한 수익금을 매달 정산해서 보냈다. 재고 회전율이 워낙 낮아서 매달 정산해 드리는 돈이 많지 않왔고 또 판매 전까지 진열된 물건의 컨디션을 유지하기가 쉽지 않았다. 딱히 제한 없이 제안받은 일은 다 수용하고 그 모든 업무를 다 혼자 처리하다 보니 늘 정신이 없어서 물건이 품절되면 재입고하는 일조차 순조롭지 않았다. 물건은 맡아 두면서도 입점한 작가나 업체에 큰 도움이 되지 않았고, 나 역시 수익이 나지 않아 결국 일을 단순화하기로 하고 점차 식물을 파는 데만 집중했다.

내겐 식물과 화분의 가격을 매기는 일이 무엇보다도 참 까다로웠다. 식물성을 SNS로 먼저 접하고 멀리서 찾아온 손님들은 이런 가격에 팔면 대체 남는 게 있기는 하냐며 눈이 휘둥그레졌지만, 정작 동네 손님들은 너무 비싸다고 반응할 때도 있었다. (대개 지역 주민인) 손님이 사고 싶은 식물을 들고 "이거 저쪽 꽃집에선 얼마에 팔던데 여긴 왜 이렇게 비싸요?"라고 말하면 나도 딱히 할 말이 없었다. 나라도 사실 더 싼 곳에서 사고 싶을 것 같기 때문이다.

아무래도 1000원, 2000원의 문제라기보다 결국은 이곳을 알고 찾아오는 손님 수 자체가 적은 게 문제라는 생각이 들었다. 다양한 채널로 홍보도 하고, 인터

뷰도 하고, 수업이나 행사를 기획해 보기도 했다. 간혹 홍보 행사가 잘됐다 쳐도 그 행사가 흥한 것일 뿐, 이후 손님들이 지속해서 방문하는 데는 별 효과가 없었다. 여러 요인이 있겠지만 처음부터 상권이 거의 없다시피 한 동네에 '내 가게만 믿고서' 방문할 사람은 생각보다 드물었고, 나도 '소비자를 어떻게 모을까'보다 '상품을 어떻게 더 보기 좋게 잘 가꾸고 꾸밀까'에 대해서만 골몰해 (사실은 심취해) 있었기에 손님 규모를 늘리는 일에 실패했던 것 같다.

자영업자의 처지를 잘 아는 지인은 "나가서 다른 사업장에 놓인 화분들을 관리하는 계약을 맺고 정기적으로 식물 관리 수수료를 받는 게 어떠냐?" 하고 제안했지만 그런 단순한 관리 업무에는 선뜻 마음이 동하지 않았다. 분명 외부에서 의뢰가 들어오는 일 중에선 모자란 수익을 벌충할 만큼 수입이 괜찮은 일도 있었다. 하지만 내가 이 가게를 유지하기 위해 가게를 벗어나 다른 일에 집중해야 한다는 건 아이러니하게 느껴졌다. '그럴 거면 그만두는 게 낫지 않을까?' 결국에는 그래서 그만둔 듯하다. 가게 안에서 가게를 살릴 방법이 딱히 없었다는 게 나의 결론이었다.

식물 가게에서 일어난 일

종종 식물 가게에서는 이런 일들이 일어난다.

맘에 들면 가져갈래? 줄게!

세탁소 아주머니가 잠깐 들르셨다.

"언니, 근데 얘는 뭐야? 되게 특이하다."

"그거 스투키인데 너무너무 안 죽어요."

"아, 이런 것도 스투키야? 근데 언니 말 진짜 웃기게 한다. 너무 안 죽는대. 그냥 안 죽는 것도 아니고 너무 안 죽는 건 뭐야? ㅋㅋㅋ"

"사실 이게 제가 팔려고 만든 건 아니고요. 스투키 분갈이를 해 달라고 가져오는 손님들이 보통 옆으로 나오는 볼품없는 새순도 다듬어 달라고 하시거든요. 그런 것만 모아서 심은 거예요. 근데 너무 안 죽어서 (아주머니는 계속 웃으심) 물을 안 줘도 살아 있어요. 죽으면 치울 수 있는데 안 죽으면 계속 거기 둬야 하니까……"

"ㅋㅋㅋ 너무 웃긴다. 그러니까 이건 팔려고 만든 게 아니라는 거지? 예뻐서 그냥 팔아도 되겠는데?"

"예쁘면, 가져가실래요?!"

"으응? 아니, 아니야. 다음에, 다음에."

식물 키우기 실력이 부족했을 땐 가게의 식물 밀도가 적당히 유지됐다. 한데 식물을 잘 키우게 되면서부터 웬만해선 식물을 죽이지 않다 보니 적정한 밀도 유지가 어려웠다. 매주 새로운 식물을 들여오지만 가게를 나가는 식물은 많지 않은 것. 안 되겠다 싶을 땐 지인들한테 말한다.

"맘에 들어? 그럼 가져갈래? 줄게!"

난 빌런 할아버지

가게 앞에 여러 가지 식물을 진열하고 있는데 어떤 할아버지가 인기척도 없이 뒤에 와서 내가 하는 일을 물끄러미 보고 있다. 할아버지들은 늘 인기척이 없어도 너무 없다.

왜 자꾸 보고 있는지 신경 쓰이던 차에 할아버지가 갑자기 뒤에서 중얼거린다.

"이곳은 한국의 난을 팔지 않는구먼."

"(화들짝) 네?"

"한국 난이 얼마나 멋있는데. 들여놓을 생각은 없나?"

"글쎄요, 난은 가격도 비싸고요, 그냥 잘 가져다

놓질 않아요."

"비싸지 않은데? 만 원 정도면 살 수 있는걸."

"만 원이면 비싼 거죠."

"비싸?"

"네, 비싸죠, 할아버지~"

할아버지가 연기처럼 사라지셨다. '난을 너무 사고 싶어서 그러시는 건가? 아니면 우리 것의 소중함을 주장하는 전통주의자인가?' 멍한 상태로 계속 정리를 하고 있었다.

"자네, 그럼 내가 이렇게 제안해 보면 어떤가?"

"예??"

할아버지가 인기척도 없이 또 나타나셨다. 긴 고민 끝에 묘안이라도 찾은 듯 한결 개운한 표정으로.

"내가 제안을 하나 하겠네."

"……?"

"내가 자네에게 난을 주겠네. 자네는 그걸 만 원에 팔고, 우리가 서로 5000원씩 나눠 갖는 것이지. 이 정도면 꽤 괜찮은 제안 아닌가?"

"아, 아니요(진짜 별론데요……)."

"음흠……"

할아버지는 이번에도 역시 조용히 사라지셨다.

아쉬운 일 (부제: 나는 스몰토크에 재능이 없을지도)

"학생이신가 봐요?"

"왜요?"

"손에 두꺼운 전공 책 같은 걸 들고 계셔서 그렇게 생각했는데 아닌가 보네요."

"(쑥스럽게 웃으며) 어이쿠, 나이에 비해 너무 젊게 봐 주시는 것 아닌가요? 하하하."

"왜요, 박사 과정엔 40대도 많지 않나요?"

"……그 마지막 말씀만 안 하셨어도 더 비싼 걸로 샀을 거 같네요."

"앗(괜히 말했군)."

어느 식물 고수의 특별한 비결

나는 단지 몇 번의 시행착오만 겪고 깨나 식물을 잘 기르게 되었다고 스스로 자부하고 있었다. 그도 그럴 것이 옥탑방에 두고 길렀던 다육식물이나 선인장은 저 스스로 잘 자랐기 때문이다. 그런 성공의 경험들이 계속 쌓이다 보니 아주 드물게 돌보던 식물 몇몇이 운명을 다했을 때도 내가 원예에 재능이 없다거나 '똥손'이라는 생각은 들지 않았다.

어느 날이었던가, 가게 맞은편 세탁소에 맡겨 둔 택배를 찾으러 들렀다가 세탁소 사장님이 마침 잘 만났다는 듯이 식물 이야기를 꺼내셨다. 사장님은 세탁소의 커다란 통유리창 바로 뒤에 여러 식물들을 놓고 길렀는데, 단번에 뭔지 알아보지 못했을 정도로 우락부락하게 자란 벤자민(고무나무의 일종), 잎을 묶어 둬야 할 정도로 크고 튼실하게 자란 알로에 등이 있었다. 사장님은 벤자민의 가지를 잘라 물꽂이를 한 게 뿌리를 내렸으니 한번 키워 보라며 나눠 주셨고 나는 속으로 '사장님 실력도 만만치 않군'이라고 생각하며 식물들을 훑어보았다. 구석에 테이블야자 화분이 하나 있었는데 우리 가게에서 파는 것보다 훨씬 커 보여서, "여기 이거 테이블야자 맞죠? 정말 크네요!" 하고 대수롭지 않게 한마디를 던졌다. 그러자 전혀 예상치 못한 대답이 돌아왔다.

"이거 자네가 준 거잖아."

"네? 아닐걸요? 전 이렇게 큰 테이블야자는 취급해 본 적도 없어요. 제가 드린 건 아닐 텐데……"

"아니, 전에 개업한다면서 줬잖아. 그게 그거야."

"네에에? 이게요? 정말 이게 그거라고요??????? 대애박!!!!"

내가 세탁소 사장님 내외에게 드린 테이블야자는 분명 손바닥만 한, 그야말로 개업 떡보다 생색내기에 나아 보여 택한 정말 작은 식물이었다. 나는 사실 그 작은 테이블야자가 당연히 소형종이라고 생각하고 있었다. 나도, 그걸 가져간 그 누구도 그렇게 크게 키운 적이 없었기 때문에 의심조차 안 해 본 것이다.

"정말 다른 거랑 헷갈리신 게 아니고요?"

"응. 그게 이렇게 커진 거야."

하도 단호하게 말씀하시니, 나도 마음을 진정시키고 다시 자세히 봤지만 그 조그만 테이블야자가 이렇게 커졌다는 게 잘 믿기지 않았다.

"그…… 저도 비결 좀 알 수 있을까요? 어떻게 기르면 이렇게 되는 거예요?"

"비결?"

그냥 햇빛 많이 드는 데 놔두었을 뿐.

가끔 물이나 줬을 뿐.

알아서 컸어.

아아. 식물 고수들은 항상 상대적으로 존재하며, 고수들의 말은 늘 허무할 정도로 비슷하다.

그래서 나는 식물을 키운다

SNS 사진으로 식물에 빠져 놓고서 실제로 식물을 만나고 키우게 되면서부터는 그런 시각적 이미지에 대한 관심이 많이 줄어들었다. 반면, 온습도가 높은 비닐하우스 화원에 들어설 때의 아찔한 느낌이나, 하루하루 느리지만 명확히 변해 가는 식물들의 성장을 보는 일에 더 크게 매료되고 자극을 받았다.

그 기분이 좋아 나는 식물들을 돌보기 위해 좀 더 부지런히 몸을 움직이게 됐다. 가끔 지치고 짜증 나는 마음으로 물을 줄 때도 없진 않다(누군가는 이를 두고 '식태기'라고 하더라. '식물 권태기'의 준말이다). 그런 귀찮음 한 번 한 번을 이겨낸 일상의 반복적 루틴 하나는 식물을 기르는 일뿐 아니라 생활 전반에도 많은 영향을 준다. 예를 들어 가볍게 식물들을 훑어보고, 화분을 들고 흙을 만져 보고, 양분을 챙겨 주는 행동은 나를 돌보는 습관과도 연결된다. 나 자신을 방치한 채 막살게 내버려 두면서 식물만 극진히 돌보는 일은 어지간해선 잘 일어나지 않는다.

이불을 개는 것조차 너무 힘들 때가 있었다. 그럴 땐 '청년은 열정과 패기가 넘쳐야 해'라는 기존의 어른 세대가 불어넣는 무언의 압박이 날 괴롭혔다. 세상에는 감탄할 만한 것도, 사랑할 만한 것도, 집요하게 열정을 바칠 말한 것도 없는데 일종의 청춘 역할극을 강요받은 듯한 느낌에 사로잡혀 20대 시절을 보냈다. '열정'이란 말은 나를 항상 불안하게 했다. '그런 게 없는 내 삶은 대체 어디서부터 잘못된 걸까?'

늦은 저녁까지 가게를 열어 둔 어느 날, 느지막이 찾아온 학생 손님 한 분과 나눈 대화가 떠오른다. 그 학생은 학부 수업 과제 때문에 궁금한 게 있다며 선인장에 대해 이것저것 물어보았다. 그러다 대뜸 이런 질문을 덧붙였다.

"사장님은 꿈이 뭐예요? 앞으로 뭘 하고 싶어요?"

"저는 꿈이 없어요. 솔직히 앞으로 뭘 할지도 잘 모르겠어요."

이렇게 가볍게 말할 수 있는 그 순간의 내가 좋았다. 손님이 눈을 빛내며 "오, 그것참 멋진데요!"라고 응수하기 전부터 이미.

식물을 키우는 즐거움은 미래에 이룰 꿈이나 이상 같은 게 아니라 그냥 지금의 행복일 뿐이다. 생명이 있는 존재가 내 곁에서 같이 살아 숨 쉰다는 건 여러 모로 큰 위로가 된다. 그 위로를 면밀히 들여다보면 그 밑바닥엔 '지금 내가 이들을 위해 할 수 있는 게 있다'는 생각이 있음을 알 수 있다. 어쩌면 이건 반려동물을 키우는 사람들의 마음과도 비슷할지 모르겠다. 지금 내가 할 수 있는 일이 있고 돌볼 수 있는 존재가 있다는 것은 벅찬 일이다. 그 벅찬 마음으로, 나는 여전히 식물을 키운다.

그렇게 삶이 된다

나는 좋아한다,
고사리를

식물을 오래 키우다 보면 모든 식물이 저마다의 이유로 사랑스럽다. 그래서 어느새 싫어하는 식물이 없는, 즉 모든 식물은 아름다우며 사랑받아야 마땅하다는 일종의 '식물 박애주의자'가 된다. 하지만 식물 박애주의자라고 해서 식물 각각에 대한 애정의 크기마저 똑같은 것은 아니다. 식물에 대한 취향은 다양한 요인으로 인해 그때그때 변화하며 그에 따라 애정도도 달라진다. 요즘 내가 가장 좋아하는 식물은 고사리다. 식물 가게를 열기 전부터 식물에 관한 잡담을 남겨 온 블로그에 최근 7개월 동안 꾸준히 고사리 재배 일기를 올렸고, 지금 집에서 키우는 고사리 화분 수도 적지 않다. 게다가 먹는 고사리도 얼마나 좋아하는데!

먹는 고사리는 나물 중에서 가장 좋아하는 종류다. 전통적으로 고사리나물은 제사상에 올리는 삼색나물 중 갈색을 담당하는 멤버다(나머지 멤버로는 흰색 담당 도라지, 푸른색 담당 시금치가 있다). 어릴 적에는 채소를 별로 좋아하지 않았지만 고사리만큼은 남기지 않고 잘 먹었다. 약간 미끌미끌하면서도 부드러운 식감, 기름과 어우러져 풍기는 고소한 맛이 일품이다(비슷한 이유로 미역줄기 볶음도 좋아하며, 미역은 식초를 넣어 먹는 초무침도 좋아한다).

키우는 식물로서 고사리는 예쁘다. 땅에 붙은 고사리의 돌돌 말린 새순은 그저 귀여울 뿐이지만, 나중에 그 순들이 빼쭉한 잎줄기가 되어 각자 자리 잡은 기울기대로 힘차게 뻗어 나간 모습에서는 아우라가 넘친다. 그 어떤 거대한 열대 관엽식물(바나나 나무나 야자 같은)보다 더 초연하고 당당해 보인달까? 식물원의 열대 온실에서 내가 가장 좋아하는 구간도 바로 양치식물들이 있는 쪽이다. 아직도 잊지 못하는 충격적인 장면도 있다. 한 식물원에서 본 고사리인데, 얼마나 오래되었으면 새순이 내 팔뚝 두께는 될 정도로 거대한 데다가 털도 엄청 많았다. 엄청나게 벌크업을 한 거인의 자태였다. 까딱 무례한 짓을 했다간 고사리가 핵주먹을 발사할 것 같은 느낌이 들어 아주 공손한 자세로 관람하고 돌아왔다.

키우는 식물로서 고사리와 친해진 것은 아마도 2016년 무렵이었던 것 같다. 보스톤고사리나 넉줄고사리, 아비스, 프테리스, 아디안텀은 화훼 시장에서 아주 흔하게 볼 수 있는 고사릿과 식물들이다. 특히 보스톤고사리는 행잉 화분에 풍성하게 심긴 것이 멋져서 식물성에서도 디스플레이용으로 즐겨 썼고, 작은 분으로 들여놓으면 쏠쏠하게 잘 팔리는 효자 상품이었다. 다만 키우기 쉬운 식물은 아닌 데다가 특히나 햇빛이 부족하면 절대 예쁜 모양으로 자라지 않는다. 반면에 넉줄고사리는 키우기 쉬운 녀석이다. 좀처럼 눈에 띄지 않는 자리에 둔 넉줄고사리 화분 하나는 무려 3년 동안 팔리지 않고 나와 함께 지냈는데, 가장 어둡고 구석진 자리에서도 큰 기복 없이 잘 자라 주었다. 모든 식물을 다 사랑한다지만 가게에서 특히나 고마운 식물들은 '별세권'에서 밀려난 안 좋은 자리에서도 질기고 굳세게 잘 자라는 식물일 수밖에 없다. 그 넉줄고사리에게는 고마움을 넘어 약간의 존경심까지 들 정도였다.

그러던 차에 2017년 국립현대미술관 서울관에서 열린 〈식물도감: 시적 증거와 플로라〉라는 전시에 식물 디자이너로 참여하게 되면서 고사리와 희귀한 양치식물을 함께 다룬 적이 있다. 식물이라는 주제와 소재에 관련된 흥미로운 논의와 연구자료들을 선보이는 이 전시에서, 나는 특히나 전시장에 놓인 식물들의 유지 관리 문제에 신경을 많이 썼다. 전시장이라는 공간은 아무래도 식물에겐 너무 건조하고 햇빛이 적은 편이어서 그나마 높은 습도를 유지한다는 전제로 고사리와 박쥐란 등의 양치식물로 공간 곳곳을 채웠다. 하지만 잠깐은 이렇게 관리할 수 있다고 쳐도 총 전시 기간인 3개월 동안 식물을 건강한 상태로 유지하는 건 쉽지 않은 일이었다. 전시에 참여한 다른 작가들도 모두 자신의 작품뿐 아니라 전시장을 채운 식물들을 돌보는 데도 신경을 써 주었다. 이 전시를 경험하고 나는 적어도 고사리에 대해 두 가지를 깨달았다. 양치식물이 얼마나 멋지고 매력 있는 식물인지, 그리고 또 건조한 실내에선 얼마나 기르기 어려운 식물인지!

한참 후 가게를 정리하면서 집으로 데려온 식물에는 보스톤고사리, 넉줄고사리, 블루스타고사리, 단추고사리까지 네 가지나 되는 고사리가 포함되어 있었다. 집은 전시장보다 나을지언정 일종의 '식물 생태계'로 구축해 둔 가게에는 여전히 못 미치는 환경이므로 잘 보살필 수 있을지 걱정부터 됐다. 하지만 1년 반이 훌쩍 지난 지금, 그간의 작고 큰 경험들이 아주 헛된 것은 아니었는지 고사리들은 무사히 잘 자라고 있다. 많은 식물 중에서도 내가 좋아하는 식물로 구태여 기록하고 싶었던 건 바로 그런 이유 때문이다. 이제는 고사리들이 잘 자라려면 무엇이 필요한지 아주 잘 안다. 심지어 이 식물들이 내가 어려워했던 것만큼 예민하지 않다는 사실도.

필요한 것은 딱 하나, 나의 근면함뿐이다.

산책자를 위한 정원들

식물을 좋아하면서부터 여행 스타일도 달라졌다. 국내외 어디로든 여행을 갈 때면 그 지역의 랜드마크 역할을 하는 수목원이나 식물원, 하다못해 큰 공원이라도 반드시 둘러보고 온다. 사실 식물에 대한 관심만 좀 있으면, 혹은 그저 마음 편안하고 고요한 산책길을 찾는 사람이라면, 입장료도 저렴하고 누구나 방문할 수 있는 정원들은 꽤 괜찮은 여행지가 된다.

그런데 비슷한 규모와 식물을 보유한 수목원이나 정원이라 해도 그중에서 유독 더 애정이 가고 좋아하는 곳이 있다. 다들 나름대로 식물을 구성한 조건이나 기준이 있겠지만 나는 포용적인 태도를 갖춘 정원을 좋아한다. 정원이 어떻게 '태도'라는 걸 가질 수 있을까? 사실 나도 자세하게는 모르겠다. 하지만 어느 집단이든 오래 유지되면서 전통이 생겨나고 문화가 형성되듯, 오래된 정원에서도 그런 '분위기'가 형성된다. 나는 그중에서도 열린 태도의, 품이 넉넉한 정원을 좋아한다.

그런 분위기의 정원으로 첫 번째 떠오르는 곳은 과천의 서울대공원 식물원이다. 규모가 크고 식물들 이름표가 깔끔하게 정리되어 있어 관람객에 대한 세

심한 배려가 눈에 띈다. 그뿐만 아니라 이곳 온실의 구조는 감동적이라고밖에 표현할 길이 없다. 가능한 한 많은 식물들이 공평하게 해를 볼 수 있도록 계단식 경사를 이루었는데, 경사도는 사람들이 다니기에도 딱 좋은 정도라서 설계 단계에서부터 세심하게 신경 썼다는 사실을 알 수 있다. 온실 귀퉁이에 서서 전체 풍경을 보고 있자면, 식물들이 해를 품어 다 충전한 후 새처럼 일제히 날아오를 것 같다는 상상을 하게 된다. 그만큼 식물들이 고조되어 보인다. 온실 옆에는 식물 표본실과 도서 자료실이 있는데 편하게 들러 이것저것 살펴볼 수 있어 만족스럽다. 거리만 가깝다면 자주 가고 싶은 곳이다.

수목원이라는 이름이 붙은 곳 중 애정이 가는 곳은 서울 구로구에 있는 시립수목원인 푸른수목원이다. 사실 보물섬같이 귀하고 빼어난 데를 고르라면 태안의 천리포 수목원만 한 곳이 없지만, 어쩐지 훨씬 더 마음이 가는 쪽은 푸른수목원이다. 이곳은 특히 계절별로 다채로운 정원을 잘 가꿔 두어 그 정성스러움이 고스란히 느껴진다. 정원도 아름답지만 사람들이 쉴 수 있는 공간과 벤치가 많아 가볍게 마실 나온 사람까지 환대하는 듯한 밝고 관대한 분위기가 풍긴다. 아무리 흐리고 음침한 날에 방문해도 그 밝은 기운이 그대로 살아 있는 게 신기할 정도다. 오래된 기찻길과 둘레길에 인접해 있는 입구로 들어갔다가 다른 곳으로 자유롭게 빠져나갈 수 있어 종착지를 정하지 않고 걷는 여유로운 산책자에게도 좋다.

물이 많은 곳이라 해서 '물고을'이라고도 부르는 수원시엔 오래전에 축조된 저수지와 이를 중심으로 형성된 공원이 많다. 일반 땅보다 쌀이 만 석이나 더 생산된다는 뜻의 만석공원은 너른 만석거 저수지를 중심으로 연꽃과 갈대 등 각종 수생식물, 수령이 오래된 벚나무 등이 에워싸고 있어 사계절 내내 아름답다. 이 주변을 넓게 둘러싼 운동장과 공터에는 언제나 운동하는 사람들이 심심찮게 보이지만 그렇다고 해서 산책의 고요함을 깨뜨리지는 않는다.

맘에 드는 산책길은 수목원, 식물원, 공원뿐만 아니라 유적지나 들길이 되기도 한다. 서울 통인동에 있는 수성동 계곡, 충남 서산에 있는 해미읍성, 그리고 프랑스의 오베르 쉬르 우아즈Auvers sur Oise에서 만난 풀밭(고흐가 그린 〈오베르의 교회〉 뒤편으로 펼쳐진 들판이다)

에도 나만의 추억이 있다. 공통점은 모두 혼자 간 곳이라는 것. 아무도 없는 길에 혼자서 고요하게 그 많은 풀을 마주할 때면 항상 포근했다. 누군가와 함께하는 산책에도 고유의 즐거움이 있지만 혼자 하는 산책은 자연과 동행할 수 있어 즐겁다. 자연과 눈 맞춤하고 대화하며 걸은 그 길은 오래 기억에 남는다. 언제고 다시 홀로 산책을 떠나라고 나를 부추긴다.

식물, 선물하느냐 마느냐

예전에는 웬만하면 식물은 선물하지 말자고 생각했다. 나부터 깨나 식물을 잘 죽이는 '연쇄 살식마'였으므로 다른 사람에게 식물을 선물하는 것에도 신중했다. 간혹 식물 선물을 받으면 그것을 준 사람에게 항상 미안한 마음이 들었다. 선물은 받으면 잘 써야 하는데 식물은 그걸 장담할 수 없는 선물이니까. 어떻게 하면 식물을 더 잘 키울까 하고 생각하기보다 (만에 하나 "그때 내가 선물한 그 식물은 잘 크고 있나요?" 하는 질문을 받으면 분명 어색한 표정만 지을 테니) 피차 어색할 일은 만들지 않는 게 좋겠다는 생각이 컸다.

한데 지금은 입장이 많이 달라졌다. 식물 선물은 걱정 없이 하는 한편, 예전과 정반대의 이유로 나에게는 가능하면 식물 선물이 적게 들어오길 바라고 있다. 선물을 선뜻 하게 된 건, 그렇게 해서라도 사람들이 식물을 조금이라도 더 좋아하면 좋겠다는 바람 때문이다. 그리고 선물을 사양하고 싶은 건, 가게를 하며 터득한 실력으로 웬만해선 식물을 죽이지 않고 오래 키우게 됐기 때문이다. 이미 우리 집 베란다는 잘 안 팔려서, 그리고 가게를 접으면서 가져와 기르는 식물들로 꽉 찬 상태다. 더 다양한 식물을 키워 보고 싶다는 욕심도 있지만 원예에 들일 수 있는 시간과 에너지에도 한계가 있다 보니 가능하면 있는 식물 위주로, 지치지 않고 잘 관리하는 것이 지금의 소망이라면 소망이다.

하지만 간혹 돌발적으로 식물 선물을 받을 때도 있다. 지난가을에는 남자친구가 기념일 선물로 소국을 주었다. 이럴 땐 방도가 없다. 이미 받아 버렸다면 마다할 수는 없다. 남자친구는 최근 1년 동안 기념일을 이유로 무려 세 번이나 식물을 사 주었다. 자기 딴에는 여자친구가 식물과 관련된 일을 다방면으로 하는 사람이니 그만한 선물이 없겠다고 생각했을 것이다. 처음과 두 번째는 그나마 물을 자주 주지 않아도 되는 다육식물이라 다행이었다. 그런데 이번엔 소국이었다!

일반적으로 식물을 키우는 가장 큰 즐거움 중 하나로 '꽃을 보는 일'을 꼽는다. 하지만 나는 꽃을, 그리고 꽃을 감상하는 목적의 꽃식물을 기피해 왔다. 첫 번째 이유는 식물의 초록색을 훨씬 선호하는 개인적인 취향 때문이고, 두 번째는 개화란 너무 일시적인 사건이기 때문이다. 꽃은 식물이 살아 있는 전체 기간에서 아주 짧은 시간만 볼 수 있는 것으로, 극단적인 경우 어떤 식물은 죽음을 앞두고 온 힘을 다해 감당할 수 없을 정도로 많은 꽃을 피운 다음 운명한다. 그로 인해 그 화려한 순간이 내게 무의식적으로 '죽음'을 연상하게 하는지도 모를 일이다.

화분을 받아 든 나는 선물을 받았다는 기쁨과 키우고 싶지 않다는 양가감정이 들었지만 곧바로 체념했다. '그래, 이왕 이렇게 된 거 또 키우자. 할 수 없지, 뭐.'

일단 국화 종류니까 가을 기운을 느끼게 해 주려고 베란다 바깥 난간에 두고 키우는 메리골드와 함께 나란히 놓고 찬바람을 맞게 했다. 한 달 정도는 물을 주러 갈 때마다 한숨이 나왔다. 처음 가져왔을 때 활짝 피어 있던 꽃들이 모두 급격히 시들어 버렸기 때문이다. 그러나 시든 꽃 몇 개를 자르고 나니 아주 작은 꽃대가 다시 올라왔다. 그렇게 며칠 동안 잊고 지내다 11월 초 갑자기 싸늘해진 날씨에 걱정되어 들여다보았더니 서서히 새로운 꽃이 피고 있는 게 아닌가. 그런데 이상하게도 그 꽃들은 이전에 핀 꽃과 생김새가 전혀 딴판이었다. 선물 받았을 땐 연보라색의 향이 거의 없는 작고 귀여운 소국이었는데, 갑자기 진한 와인색을 띤 짙은 향기의 화려한 꽃이 손바닥만큼 크게 연달아 터지고 있었다. 마치 예산을 굉장히 많이 들인 불꽃축제처럼.

영문은 알 수 없었지만 아무튼 나는 또 새로운 선물을 받은 듯한 기분이었는데 그 의외성이 나쁘지 않았다. 식물 선물을 사양하고 싶어 하는 나, 항상 꽃을 두려워하던 내가 새로운 국면을 맞게 된 걸까? 국화의 꽃은 내가 기대했던 것보다 오래갔다. 괜히 국화가 장수의 상징으로 쓰인 게 아니었다. 그 꽃의 화려함은 죽음을 바라보지 않았다. 그래서 꽃 한 송이쯤 져도 별로 슬프지 않았다. 국화는 앞으로도 계속 살아갈 것임을 온몸으로 말하고 있었기 때문이다.

잊지 못할 그 식물들

누구나 한 번쯤은 우연히 눈에 들어온 식물을 구입한 적이 있을 거다. 이 글은 식물 문외한에 가까웠던 어린 시절에 산, 혹은 더 자랐을 때 우연한 기회에 얻거나 충동구매한 식물 몇 가지에 관한 이야기다.

2001년 – 백정화

백정화는 2001년, 그러니까 중학교 2학년 때 처음으로 내 돈을 주고 산 식물이다(책 초반의 에피소드에 등장한 그 '스뎅플'의 식물이다). 그때 백정화 화분의 가격은 7000원이었다. 요즘 물가로 따져 본다면 2만 원쯤은 될 비싼 가격인데도 고민 끝에 주머니에 있는 돈을 다 털어 샀다. 처음 한 번이 어렵지 그다음은 쉽다고, 그 이후로도 같은 가게에서 몇 번 더 주머니를 털어 금사철과 마삭줄 같은 야생화를 구입했다.

나의 첫 식물, 백정화는 윤기가 있는 길이 1센티미터 내외의 작은 잎들이 가느다란 가지에 촘촘히 달린 소관목(키가 크지 않고 아래쪽부터 줄기가 갈라져 나는 관목 중에서도 작은 종류) 식물이었다. 당시에는 귀여운 꽃이 달리는 걸 모른 채 반들반들 윤기가 흐르는 잎이 예뻐서 샀다. 나는 매일 학교에 다녀오자마자 다른 건 다

내팽개치고 책상 위의 화분을 구경하기에 바빴다. 하지만 정작 식물의 생장조건에 대해서는 잘 몰라 제대로 돌보지 못했다. 처음 며칠 동안 투명한 플라스틱 통에 밀폐된 채로 두는 바람에 죽일 뻔했고, 스탠드 불빛 아래에 두고 볕을 쬐어 준다고 착각하는 바람에 많이 웃자라 버렸다. 말이 나온 김에 이야기하자면, 식물이 자라기 위해서는 물, 공기, 온도, 햇빛, 양분 등이 필요하다. 이 중 빛은 광합성에 필요한 필수 요소로 특히 엽록소는 청색이나 적색 계열 파장에 활발하게 반응한다. 그러므로 사람의 눈에 최적화된 일반 조명은 식물에 적당한 빛은 아니며, 자연광이 부족한 실내에서 식물을 잘 키우려면 식물 전용 생장등이 필요하다. 즉, 내가 한껏 쬐어 준 스탠드 불빛은 바깥 식물(야생화)인 백정화에겐 기별도 가지 않았을 것이다.

여하튼, 나는 그 식물 가게 사장님이 운영하는 온라인 야생화 동호회에 가입해 활동하고 오프라인 정모에도 참석하며 그때부터 '식물 덕질' 비슷한 걸 했다. '어디 귀여운 식물 또 없나?' '남들은 뭘 키우나?' 하면서. 한번은 사장님이 거래하는 화원의 농장주도 함께 정모에 나와 야생화 키우는 법을 알려 주셨다. 돌이켜 보면 동호회 회원 모두 참 좋은 분들이었는데 지금은 다들 어디서 어떻게 살고 있을까? 여전히 식물을 키우고 있으려나?

2009년 – 벽어연

대학생 때 어느 미술 수업 첫날, 교수님이 식물 공동구매를 제안하셨다. "이번 학기 수업을 마칠 때까지 식물을 죽이지 않고 키워 보자!"라고 말씀하셨던 것 같다. 다들 1000원씩 내고 다육식물을 하나씩 받기로 했다. 며칠 지나지 않아 작은 다육식물들이 학교로 배달됐는데, 솔직히 내 눈에는 그냥 다 비슷비슷해 보였다. 그중에서 그나마 특징이 있거나 화려한 식물들은 이미 다른 친구들이 가져가고 나는 마지막에 남은 네 개 중 아무거나 하나를 집었다.

그때 그 식물 이름이 벽어연이라는 것은 나중에 식물성을 열고 나서 갑자기 떠올라 찾아본 덕분에 알게 됐다. 벽어연의 잎은 마치 부드러운 떡을 삼각뿔 형태로 연이어 썰어 놓은 것 같은 모양이다. 가장자리가 각진 도톰한 형태가 특징이다.

벽어연을 비롯한 다육식물들은 실기실의 햇빛이

가장 잘 드는 창가를 차지했으며 누군가는 거기에 목캔디 통에 넣어 기르던 구문초까지 갖다 놓았다. 마침 내 자리가 바로 그 '초록초록'한 창가 옆이어서 나는 식물들이 옹기종기 모여 볕을 쬐는 모습을 구경하며 한 학기를 보냈다. 학과 친구들은 자기 식물의 안녕을 확인하러 자주 창가에 다녀갔고 다행히 종강 때까지 누구 하나 식물을 죽이는 일 없이 잘 키웠다.

문제는 그다음이었다. 과제 제출과 시험이 끝나고 방학이 되자 식물들은 점차 우리의 관심에서 밀려났다. 아이스크림 통에서 살고 있던 내 벽어연도 진작부터 위태롭게 달려 있던 잎들을 떨어트리고 결국 줄기만 남았다. 그 후로는 단지 살아 있을 뿐 성장한다는 느낌은 들지 않았다. 어디선가 다육식물의 떨어진 잎을 심으면 새로 뿌리가 나온다는 이야기를 주워듣고서 떨어진 벽어연 잎을 모아 다시 심었지만 역시 아무 일도 일어나지 않았다.

글을 쓰고 보니 그 상황이 당시의 내 모습과도 겹쳐 보인다. 나도 그랬다. 마치 정체된 식물처럼, 잠자코 숨만 쉬며 지낸 시기였다.

2010년 – 희성미인(방울세덤), 거북 알로카시아

2010년에는 희성미인과 거북 알로카시아를 샀다(가격은 각각 8000원, 3000원). 친구와 동네를 산책하다가 작은 꽃집의 매대에 내놓은 식물들을 구경했다. 특히 다육식물을 좋아하는 사람이 운영하는 꽃집인지 각양각색의 토기 화분마다 그에 딱 어울리는 다육식물을 심어 두셨다. 모두 다 아기자기하고 귀여웠지만 특히 한 식물에 시선을 빼앗겼다. 그때만 해도 식물에 별 관심이 없던 내 눈에도 손바닥만 한 호리병 옹기에 오돌토돌 작게 돋아 있는 모습이 참 신기해 보였다. 희성미인은 개미만큼 작은 구슬 형태의 잎들이 수십 송이 꽃처럼 모여 돋아 있는 정말 귀여운 다육식물이다. 그 화분을 사서 꽤 오랫동안 애지중지하며 키웠지만 결국 1년이 채 못 되어 죽고 말았다. 예쁜 호리병 화분만 남았는데, 희성미인만큼 그 화분에 잘 어울리는 식물은 없을 것 같아 계속 빈 채로 두었다.

큰 이파리가 두세 장씩 모여 나는 관엽식물인 거북 알로카시아는 집 앞에 세워져 있던 식물 트럭에서 샀다. 줄기도 없이 흙에서 바로 삐죽 튀어나온 거대한 잎은 그간 보았던 식물들과 다른 신세계였다. 우리에게 익숙한 '거북 알로카시아'라는 이름은 진초록색 잎과 연한 색상의 잎맥이 대비되어 마치 거북이 등껍질 무늬와 같다 하여 붙은 일종의 별명이다. 이 식물 역시 분갈이를 해 가며 애지중지 길렀지만 3개월을 넘기지는 못했다.

2013년 – 스킨답서스, 글록시니아

2013년, 대학교를 막 졸업하고 아르바이트로 생계를 유지하며 한창 미술 작업에 열중할 때였다. 아르바이트를 하던 불교·무속 용품점으로 가는 길목에 꽃집이 하나 있었고 이곳에서 빨간 화분에 심긴 스킨답서스가 눈길을 끌어 화분 두 개를 샀다(가격은 두 개에 1만 5000원). 어느 날 일을 끝내고 다 같이 회식을 하러 가는 길에 사장님이 그 꽃집에 들러 주인장과 안부를 주고받으셨다. 그리고 다시 우리 행렬에 합류하자마자 이런 귀띔을 해 주셨다. 그 꽃집 아주머니가 신내림을 받은 용한 무당이었다고, 귀신 보는 일이 너무 힘들어서 어렵게 그 일을 그만두고 대신 꽃집을 차린 거라고.

그 말을 듣고 나서야 꽃집에 흐르는 묘한 분위기가 이해됐다. 그리고 똑같은 스킨답서스 화분을 두 개나 사게 된 것도. 그러고 보니 관상식물로 많이 키우는 글록시니아라는 꽃 화분도 그곳에서 처음 보고 반해 덜컥 사 버렸다. 나는 심령 현상을 보는 사람과 예술적인 감수성이 풍부한 사람은 같은 카테고리에 있다고 생각한다. 둘 다 영혼을 울리거나 달래는 일을 하는 사람들이니 연결성이 있지 않은가. 평범한 외관의 작은 꽃집이지만 그곳에 들어서면 묘하게 모든 식물들이 유난히 아름답게 보인 데는 이유가 있었던 것이다.

그때 산 스킨답서스는 2년 넘게 꺾꽂이까지 해 가며 잘 기르다 언젠가부터 영양부족으로 비실비실하더니 명을 달리 했다. 부끄럽지만 관심이 멀어져서 잘 못 자란 사례 중 하나다. 글록시니아는 애초에 아버지가 맡아 주신 덕분에 아직 우리 집 베란다에서 잘 자라고 있다.

2015년 – 희기린, 흑룡각, 암석사자(금강산 선인장)**, 대봉룡**

2015년에는 희기린, 흑룡각, 암석사자(금강산 선인장), 대봉룡을 사서 길렀다. 희기린은 길을 지나가다 무심결에 꽃집에 들어가 샀고, 흑룡각과 암석사자는 불현듯 '무언가 사서 키우고야 말겠다'라는 생각이 떠올라 비 오는 밤 식물 가게로 달려가 사 온 식물들이다. 왜인지 모르겠지만 2015년에는 유난히 작고 기묘하게 생긴 선인장과 다육식물들에 마음을 빼앗겼다.

희기린은 푸른색 갑옷을 두르고 있어 아주 작은 파충류처럼 생겼고, 흑룡각은 가시가 돋은 통통한 몸체에 암갈색 무늬가 있어 강렬한 인상을 주지만, 둘 다 만져 보면 너무나 부드러워 그 '반전 매력'이 엄청난 식물들이다. 암석사자는 돌기처럼 올록볼록 튀어나온 몸체에 구릿빛 가시를 지니고 있는데 이게 일종의 돌연변이(철화 綴花. 생장점이 비정상적으로 확장되어 뒤틀리고 불규칙하게 자라는 현상)라고 한다. 큰 산맥을 미니어처로 줄인 듯한 모습 때문에 '금강산 선인장'이라고도 부른다. 대봉룡은 어찌 보면 전형적인 기둥 선인장의 모습인데, 연둣빛이 강한 초록색 몸체에 노란 가시가 돋아난 모습이 발랄한 느낌을 준다.

3년 정도 기르다 2018년에 죽은 암석사자를 제외하면 나머지 세 식물은 여전히 잘 살아 있다. 신기하게도 그해를 기점으로 식물을 조금 더 잘 기르게 됐고, 그만큼 식물들과 더 친해진 덕분에 식물성도 열게 됐다. 그 이후로는 사실 직업이 직업인지라 너무 많은 식물들을 기르고 또 죽였기에 식물마다 상세히 기록을 남기기는 어렵다.

많은 경우가 그렇듯 작은 부분까지 상세하게 오래 기억에 남는 건 아무래도 초창기에 헤맨 순간들이다. 내게도 이 식물 경험들은 하나하나 들일 때마다 설레고 어려웠던, 그래서 언제까지고 마음에 남아 있을 기억들이다.

식물 애호가와
식물 자영업자 사이

다 지난 후 돌아봐야 알게 되는 것들이 있는데, 식물을 돌보기 전의 나는 꽤 외로웠던 것 같다. 죽이 맞는 친구는 한두 명만 있으면 된다고 생각하고 가족들과도 그럭저럭 잘 지내는 편이라, 단지 사람에 대한 그리움을 말하는 건 아니다. 나는 늘 어디론가로 나아간다고 느끼는 것이 중요한 사람인데, 그 느낌을 찾기까지 또는 나아가는 방법을 찾기까지 꽤 시간이 걸려 외롭다고 느낀 것이다. 식물을 돌보기 전에는 그 어느 것도 찾을 수 없는 상태였다.

> "좋은 삶이란, 사랑에서 영감을 받고 지혜에 의해 인도되는 것이다. 지혜 없는 사랑도, 사랑 없는 지혜도 좋은 삶을 낳을 순 없다."
>
> "The good life is one inspired by love and guided by knowledge. Neither love without knowledge nor knowledge without love can produce a good life."

이는 버트런드 러셀이란 철학자가 남긴 말이라고 하는데, 어디서 우연히 보고 무척이나 적절한 이야기라고 생각했다. 역시 하나만으로는 불충분하다. 사실 사랑이 뭐고 지혜가 뭔지는 잘 모른다. 그래도 불현듯 어느 순간에 영감을 얻거나, 분명 어딘가로 인도되고 있다는 느낌이 들 때가 있다. 특히 식물을 기르는 것은 출렁이는 영감의 한 귀퉁이에 물꼬를 터 새로운 물길을 만들어 주는 일인 것 같다. 그래서 가게 일을 하는 동안 외로움일랑 거의 잊고 살았다. 급류에 휩쓸리듯 정신없이 가게를 열고 나니 어느새 식물은 내게 영감 그 자체가 됐고, 서로의 생각에 물길을 터 주는 사람들도 참 많이 만났다. 나 못지않게 식물성을 소중히 여겨 주었던 단골들과 친구가 되기도 했다. 그들은 잊을 만하면 몇 달에 한 번씩 놀러 와 식물 이야기를 비롯해 살아가는 소소한 이야기를 나누다 돌아갔다.

하지만 손님과 가게주인의 관계에서 일상을 나누고, 서로의 취향을 알게 되고, 심리적으로 가까워지는 게 조심스러울 때도 있다. 그런 내면적 교류가 장사와 엮이면 애매해지기 때문이다. 식물은 정기적으로 꼭 사야만 하는 물건도, 오가며 쉽게 한 잔 사 마실 수 있는 커피도 아니지 않은가. 단골이라 해서 올 때마다 식물을 사 가긴 어렵고, 나도 무조건 권하고 싶지 않았다.

하지만 어떤 이는 분명 부담감을 느끼고 있을 테고 나 역시 미묘한 눈치를 볼 때가 있다. 그래서 때로 낯익은 얼굴이 반갑다가도 괜히 서로 미안해질 때도 있다.

"제가 저번에 사 갔던 식물 있잖아요."

"아, 혹시……?"

"네."

"음…… 좀 더 무던한 식물로 추천해 드릴까요?"

"아녜요. 아무래도 저는 식물 키우는 데 재능이 없나 봐요……."

"아, 그럴 리가요……."

만약 더 많은 식물을 팔 생각이라면 손님들이 키우는 식물은 물론이고 내가 돌보는 식물들까지 좀 더 물건이나 소모품처럼 취급해야 하는 걸지도 몰랐다. "이건 어때요? 이건 그래도 좀 기르기 쉽다고 하던데?" 하고 손님이 가리킨 엄청 예민한 식물을 기르기 쉽다고 포장해 팔아야 했던 걸지도. 죽지 않은 식물을 가지고 와서 아무래도 죽은 것 같으니 버려 달라고 한 손님에게는, 정말 안타깝다고 애도하는 척하며 되도록 비싼 식물을 추천해야 했던 걸지도. 하지만 그렇게까지 하고 싶지는 않았다.

가끔은 아끼는 식물을 파는 일도 고역이었다. 오랜 시간 정붙이고 공들인, 그 덕분에 예쁘게 잘 자라고 있는 식물을 손님이 고르기라도 하면 그 예리한 눈썰미에 감탄하면서도 내심 슬펐다. 장사가 유난히 안 되는 달엔 그런 슬픔일랑 잊고 최선을 다해 판매에 집중했다. 하지만 그렇게 번 돈이 아무리 월세에 보탬이 되었어도 밤만 되면 마음 저편에 밀쳐 둔 이별의 슬픔이 기습적으로 몰려와 후회하곤 했다.

우습게도 남의 가게에서 아르바이트를 할 땐 나도 꽤 뻔뻔했던 것 같다. 아르바이트생은 딱히 신념이 필요한 자리는 아니다. 아르바이트생은 사장님이 시키는 일을 시키는 대로 해야 잘하는 것이다. 진상 손님에 절절맬 때도 있지만, 가끔 지갑을 열 준비가 된 손님에게는 사장님이 가르쳐 준 대로 배짱 좋게 뻥을 칠 때도 있었다. '이래도 될까? 정말 뒷일이 괜찮을까?' 싶었지만 막상 아무 일도 일어나지 않았다. 아르바이트생 입장에선 사장님의 지시가 엄청난 장사 수완처럼 보이기도 했고, 그런 과감함(?)이 멋있다고도 생각했다.

근데 막상 내 가게의 대표가 되었을 땐 그 멋있는 사장님처럼 뻔뻔해질 수가 없었다. 많은 관계가 비즈

니스보다는 사적인 인연으로 남았고, 식물은 상품보다 애정의 소산이나 귀중한 소유물로 둔갑했으며, 파는 일만큼은 도통 능숙해지거나 익숙해지지 않았다.

4년째 되던 해에 이런 일련의 일들을 한꺼번에 돌이켜 보았다. 아무리 생각해도 나는 사업적인 포부가 크거나 제대로 경영해 보겠다는 굳은 각오가 없었다. 식물 애호가와 식물 자영업자 사이, 그 애매하고도 확실한 회색지대에 살고 있었다.

가게를 접기로 결심하기
사흘 전

가게를 접기로 결심하기 사흘 전, 나는 어느 상담 팟캐스트를 듣다가 저장 강박을 가진 아버지 때문에 고민하는 한 사연을 접했다. 사연자는 좀처럼 물건을 버리지 못해 생활이 불편할 정도로 꽉 차 버린 아버지의 집을 자신이 치워도 될지, 이 일을 어떻게 풀어 가야 할지 물었다. 상담가는 사연자의 아버지에게 그 물건들이 "가지고 있으면 불안을 잊게 해 주지만 사라진다 해도 놀라우리만치 빨리 잊을 것들"이라며, 쓰레기로 가득 찬 집을 치워 주는 게 좋겠지만 그 과정은 반드시 섬세해야 한다고 했다.

'내게도, 존재만으로도 불안을 눅여 주지만 사라진다면 의외로 후련할 만한 것이 있을까?' 그 질문을 떠올리자 갑자기 약간 서늘해졌다.

따지자면 가게가 그랬다. 가게에 있으면 시간이 가는 줄 모를 정도로 정말 좋았다. 하지만 정산이 다가올 때마다, 마이너스 통장의 숫자가 커지는 것을 확인할 때마다 심장이 조여 왔다. 그러고 보니 가게는 점점 더 강도 높은 무급의 열정을 나에게서 착취해 갔다. 2019년 봄엔 새로운 책을 계약하고 선인세를 받자마자 모두 가게의 몇 달 치 밀린 월세와 공과금을 내는

데 썼다. '이번에도 어찌어찌 해결했군' 하고 뿌듯해하다가 텅텅 빈 통장 잔고를 확인하고서야 이상함을 느꼈다. 돌볼 여력도 없으면서 계속 이런 식으로 근근이 유지하다간 언젠가 이토록 사랑하는 가게를 원망하게 될 수도 있겠다는 생각이 스쳤다. 너무 늦기 전에 떠나보내는 게 맞지 않을까?

하지만 라디오의 사연과 달리 나는 애착으로 모은 모든 것을 내 손으로 정리해야 했다. 가게를 정리하려고 맘먹으니 해야 할 일이 너무 많아서 만약 컴퓨터 파일을 휴지통에 넣듯 단숨에 가게를 치워 버리는 방법이 있다면 얼마를 치르든 그편을 택하고 싶을 정도였다. 그렇지만 생판 모르는 남의 손에 뒤처리를 맡기기엔 소중한 것들이 너무 많았다. 거칠게 다룰 수 없는 식물이나 깨지기 쉬운 화분이 짐의 대부분을 차지했으니.

'대처분 세일'을 하던 날, 대체 정보를 어떻게 알고 왔는지 가게에는 찾아온 사람들로 발 디딜 틈이 없었다. 내게는 초면인 그들은 그간 가게에 품어 온 애정을 고백하며 앞으로 이곳이 그리울 거라며 아쉬움을 토로했고, 누군가는 가게에 있던 물건을 가능한 한 많이 사 갈 생각에 흥분해 있었다. 허탈함과 아쉬움, 감사함과 씁쓸함이 뒤섞인 감정을 뒤로 한 채 열심히 계산을 하고 물건을 포장했다. '대처분'이라는 이름답게 가게에 있는 식물들을 (개인적으로 소장하려는 것을 제외하고는) 모두 팔았고 각종 자재도 상상 이상으로 많이 팔았다. 그때 번 돈이 한 달 치 최고 매출보다 많았다. 급한 대로 그 돈으로 밀린 월세와 공과금을 내고 빚을 갚는 데도 조금 썼다. 식물성을 정리하는 일련의 과정은 후련하면서도 마음이 아팠다.

식물성이 내게 남긴 것들

나는 식물성을 열 때랑 닫을 때 두 번 다, 참 격하게 눈물 콧물을 다 쏟으며 울었다. 둘 다 너무 기뻐서다. 가게를 열 때는 한 미술가를 초대해 식물로 채워지기 전의 빈 공간을 활용해 오프닝 전시를 열었는데 그게 너무 벅차서 둘이 얼싸안고 대성통곡을 했다.

문을 닫을 때 나를 울린 것은 동네 손님이다. 별다른 접점도 없고 신상도 모르고 대화도 그리 많이 나눠보지 않았지만, 이상하게 모종의 연대감이 들었던 그분. 재고 정리를 하는 날에 찾아온 그 손님은 직접 기고한 글이 실린 책과 룸메이트들과 같이 썼다는 편지를 함께 건넸다. 손님이 돌아가고 책의 목차를 죽 훑는데 그중 하나인 '백수의 기쁨과 슬픔'이란 제목이 눈에 들어왔다. 그 첫 페이지를 읽자마자 눈물이 흘러 결국 나는 30분이 넘게 텅 빈 가게 구석에 앉아 엉엉 울었다. 감정을 추스르고 집으로 가는 길에 또다시 수도꼭지를 튼 것처럼 눈물이 흘러나왔다. '이제 나도 백수다!' 다만, 슬픔이 아닌 알 수 없는 환희의 눈물이었다.

2013년에는 처음으로 혼자 외국 여행을 갔다. 나는 공항에 내린 순간부터 며칠 동안 긴장이 풀리지 않아 빳빳이 굳은 몸으로 걸어 다녔다. 5일째 되는 날,

교외의 기차역 벤치에 시무룩하게 앉아 있는데 건너편으로 반대 방향 기차가 들어왔다. 그리고 아주 잠깐 거기에 타고 있는 사람과 눈이 마주쳤다. 검은 얼굴의 그 남자는 나를 보자마자 1초의 망설임도 없이 반가운 얼굴로 새하얀 이를 드러내며 "어이, 안녕!" 하고 손을 흔들었고(초승달같이 드러난 하얀 이와 가볍게 흔들던 손짓이 마치 풍경화의 한 장면처럼 기억에 남아 있다) 나도 덩달아 기분이 좋아져서 같이 인사를 했다. 곧 내가 탈 기차가 도착해 얼른 구석에 올라탔는데 자리에 앉자마자 알 듯 모를 듯한 이상한 마음이 들어 꺼이꺼이 울다가 마치 최면에 걸린 것처럼 깊게 잠들었다. 신기하게도 그 사건으로 인해 긴장이 풀렸다. 그 뒤엔 오히려 내가 먼저 사람들에게 다가가 선뜻 인사를 건넬 정도로 컨디션도 마음도 한결 편안해졌다.

그때 그 기억은 식물성에서의 마지막 눈물과 꽤 닮아 있다. 잘 알지는 못하지만 낯설지 않은 이웃의 얼굴. 그가 베푼 작은 호의. 어쩐지 내 지난 시간을 알아봐 준 듯한 느낌. 나는 어김없이 손 쓸 길 없이 벅차오르는 감정을 터뜨릴 수밖에 없었다.

어쩌면 인간은 늙어 죽을 때까지 그 누군가에게

인식되는 순간을 기다리거나 그런 기억을 그리워하며 살아가는 게 아닐까? 어느 연애 리얼리티 프로그램의 한 장면이 떠오른다. 삼각관계의 세 출연자 중 두 사람이 데이트를 하다가 이런 대화를 나누었다.

> A와 B가 있다. A는 '내가 알아본 사람'이고, B는 '나를 알아본 사람'이다. 그렇다면 당신은 A와 B 중 과연 어느 쪽을 택할 것인가?

그 질문을 꺼낸 사람은 자신을 A 혹은 B에 비유해 상대방의 속마음을 떠보고 싶었을 것이다. 누군가가 나를 알아봐 주는 것과 내가 상대방을 알아보는 것. 이는 진지한 관계를 맺기 전 고려해 봐야 할 정도로 꽤 중요한 요소다. 식물성은 그 두 가지를 모두 충족하는 곳이었다. 나는 식물성이라는 공간을 통해 많은 사람들의 눈에 띄게 되었고, 나 역시 그곳을 빌미로 누군가를 알아보고 용기 내 다가갈 수 있었다. 알아주고 알아봄이 일상적으로 일어난다는 사실이야말로 가게를 계속 꾸려 나가고 건강한 삶을 이어 가는 큰 원동력이 됐다.

내가 운영할 사정이 못 되어 가게를 접었다고 하면 누군가는 아주 간단한 한마디, 즉 "망한 거네요" 하고 정리해 버릴지도 모른다. 물론 나도 "다 접고 이런 가게나 할까?" 하고 쉽게 말하는 사람들에겐 짐짓 시니컬한 태도로 "망하기 싫으면 자영업의 '자'자도 함부로 꺼내지 마시라" 하고 이야기할 것 같다. 하지만 이 말은 딱 절반만 진심이다. 그렇다고 희망적인 이야기를 꺼내 부추길 생각도 없다. 누군가가 꿈과 희망에 취해 지금 자신이 가진 모든 걸 송두리째 갖다 바치는 일을 대놓고 응원할 수는 없으니까. 모든 것은 스스로 인식해야 한다. 해 봐야 그게 왜 못 할 일인지, 혹은 해 볼 만한 일인지 결론 내릴 수 있다. 그렇기에 기왕이면 식물성도 실패하지 않고 오래오래 예쁜 공간으로 남아 있었더라면 좋았겠다는 아쉬운 마음도 든다. 그랬다면 나도 '해 볼 만하다' 쪽에 무게를 뒀을지도 모르니까.

하지만 이런 모든 상념을 뒤로 하고 가게를 닫고 난 직후에는, 솔직히 말해 기분이 참 산뜻했다. 이미 셀 수 없이 많은 걸 얻은 나날이 내게 고스란히 남았으니까.

사소한 미션이 가게를 이끈다

몇 주 전 문득 일본 영화가 보고 싶었다. 다들 좋다고 말하는, 그야말로 '소확행'을 보여 주는 영화들 말이다. 식물성에 들른 친구나 손님들이 이런 영화를 많이 추천해 주었는데 가게 일을 하는 동안엔 그런 잔잔함을 음미할 여유가 없어서 기억만 해 두고 찾아보진 않았다. 하지만 일을 그만두고 또 몇 개월 지나지 않아 코로나 사태로 인해 반강제로 혼자 보내는 시간이 길어지자 문득 사람들끼리 만나 떠드는 분위기가 그리워졌다. 맘대로 사람들을 만날 순 없으니 사람들이 오순도순 살아가는 영화라도 보자는 생각이 들었다.

영화 〈카모메 식당〉은 핀란드 헬싱키의 일식집 카모메 식당 이야기를 다룬다. 일본인 여성 사치에가 운영하는 이곳은 문을 연 뒤로 한동안 아무도 찾아오지 않아 보통은 주인 혼자서 하루 종일 음식을 준비하고 손님을 기다리며 보낸다. 영상은 내내 정적이면서도 아름답다. 사치에의 일과를 세심하게 들여다보는 영화의 시선이 꽤나 섬세하고 감동적이다.

주인공이 혼자만의 시간을 가꿔 나가는 부분도 좋았지만, 개인적으로 이 영화에서 가장 좋아하는 부분은 연속적으로 등장하는 새로운 인물들과 그들이 만들어 내는 사건들이다. 한번은 일본 문화에 관심이 많은 한 핀란드 청년이 쇼윈도에 적힌 일본어를 보고 들어왔다가 〈갓차맨〉(일본의 오래된 인기 만화. 우리나라엔 '독수리 5형제'란 이름으로 방영됐다)의 주제가 가사를 궁금해한다. 사치에는 노래 뒷부분 가사가 생각이 안 나 계속 곱씹다가 서점에서 우연히 만난 일본인 미도리에게 그것을 물어본다. 이를 계기로 인연을 맺은 미도리가 카모메 식당의 일을 돕게 되고, 이후로도 우연히 마주친 사람들이 이 식당을 아지트 삼아 오가며 서로 더 깊은 인연이 된다. 어떤 이는 처음 접하는 일식당이 어색해 쭈뼛거리며 가게에 들어오고, 어떤 이는 괜한 적개심을 품었다가 서서히 마음을 열고, 어떤 이는 시나몬롤의 향긋한 냄새에 끌려 들른다. 이 시나몬롤도 처음에는 별생각 없이 구웠다가 사람들이 좋아하는 바람에 그 후로 카모메 식당에선 시나몬롤 굽는 냄새가 사라지지 않는다.

일련의 사건들이 참 뜬금없고 엉뚱하다. 근데 가게를 하다 보면 현실에서 꽤나 자주 벌어지는, 자연스럽고 평범한 흐름이다. 〈갓차맨〉 주제가의 처음 한 소절만 아는 내 앞에 전체 가사를 묻는 사람이 나타나면,

그때부터 재밌어지는 것이다. 이런 사소한 미션이 가게에서의 하루를 모험으로 이끈다.

이 영화를 보고 나니 비슷한 추억들이 환기되면서 가게를 운영한 그때로 돌아간 듯했다. 솔직히 가게를 열 때만 해도 나는 앞으로 계속 정신없이 식물을 심고 싶다, 예쁜 화분을 만들어 보고 싶다, 정도의 욕구밖에 없었고 할 줄 아는 것도 그것뿐이었다. 하지만 가게를 운영하는 동안 내게 다양한 미션을 선물한 많은 사람들이 있었고, 그들 덕분에 항상 예상치 못한 재미를 덤으로 얻으며 일의 재미를 느꼈다.

카모메 식당에 모여든 사람들 대부분이 우연히 그곳에 다다른 여행자인 것처럼 나도 여행자였던 것 같다. 마음 가는 대로 작업실을 떠나 인스타그램에 빠지고, 인스타그램에서 허우적댄 덕분에 새로운 취미가 생기고, 그 취미로 인해 식물 가게를 열고, 손님이나 의뢰인이 '이런 거 해 줄 수 있어요?' 하면 딱히 못 할 일은 아니어서 다 하다 보니 경험이 쌓였고, 또 어떤 이가 '그래서 식물을 키우며 어떤 생각을 했느냐?' 고 물어봐서 지금 이렇게 글을 쓰고 있다.

다시 영화 이야기로 돌아가서, 〈카모메 식당〉은

핀란드 땅에 일본인 여성이 차린 작은 가게가 그곳 사람들의 보물 같은 존재가 되어 간다는, 언뜻 동화 같은 설정을 갖고도 가장 솔직한 현실의 기록 같기도 한 영화다. 아마 1인 가게의 묘미는 이 영화를 보는 것만으로도 충분히 알 수 있지 않을까? 내가 식물성에서 있었던 일을 글로 쓰면 하도 재미가 없어져서 하는 말은 아니다.

에필로그

작년 봄, 약 1년 만에 강연장에서 사람들을 만났다. 가게를 닫은 지 8개월이 지난 후였다. 봄의 일렁이는 냄새와 날씨는 그대로였지만 그 외엔 대부분이 바뀌어 있었다.

강연 후 어떤 분께서 "강연 장소가 막연히 강연자의 가게 근처일 거라고 생각했는데, 이미 없어진 가게라니 참 아쉽네요. 가게는 왜 접게 됐어요?"라고 질문하셨다. 질문이 끝나자마자 "경영난으로 접었습니다." 라고 조금 익살스럽게 대답했다. 그리고 바로 덧붙였다. "솔직히 경기가 어려웠던 것만이 경영난의 이유는 아니고요, 저도 여러 가지 시도에 대해 확실한 선택과 집중을 하지 못했습니다. 운영 능력이 많이 부족했죠." 라고. 오래 만나 왔던 친숙한 일상과 관계들이 폐업과 함께 모두 그 여름의 그 자리에 멈추어 있었는데, 누군가의 질문을 받고 나서야 나도 내 대답을 들으며 생각을 정리하기 시작했던 것 같다.

처음에 이 일을 망설임 없이 시작하게 된 이유는 '식물을 다루는 일이 앞으로 내가 사는 데 항상 좋은 영향을 가져다주리라' 하는 예감이 강하게 들었기 때문이고 다행히 실제로도 그렇게 됐다.

지금도 나는 식물과 관계된 여러 일을 하고 있다. 화초 컨디션을 관리하고 좋은 상태의 식물들을 많은 소비자에게 전달하는 업무를 하고, 때때로 글이나 강연 등 다양한 기회를 통해 사람들에게 식물 키우는 즐거움을 알리는 식물 안내자로 살아간다. 아쉽게도 자영업으로는 잘 풀리지 않았지만, 그때의 경험들은 여전히 나를 식물의 영역 안에서 일하는 사람으로 남게 했다.

몇 년 전 처음 화초를 팔 거라고 눈을 반짝이며 이야기했을 때 특히 생업에 계신 농원이나 화원 사장님들이 유난히 많이 반대하셨다. 젊은이, 특히 여자가 하긴 힘든 일인데 왜 사서 고생길을 가냐고. 어떤 사장님은 자기 이야기를 빗대 말리셨다. "내가 왜 하필이면 식물 같은 것을 팔아 이 고생을 하는지 모르겠다"라고. 그분들도 처음엔 '낚인' 것이다. 근데 사실 이 일을 하면서 몸이 고생스러워 화훼가 싫었던 적은 없다. 아니, 돌이켜 보면 싫은 부분이 거의 없다. 살아 있는 식물이 주는 아름다움과 생동감만으로도 내 고생스러움은 충분히 보상됐다.

과연 '덕업일치'를 해야 하는 것이냐, 1인 가게를 시도하는 일이 좋은 것이냐, 이런 데엔 답을 할 수 없다. 그러나 모로 가도 4년이라는 짧지 않은 시간은 다양한 경력적인 변화를 가져다주었고, 그에 못지않게 나를 더 건강한 길로 이끌어 주었다고는 말할 수 있다.

직업적인 성취만큼이나 귀하게 느껴지는 건 혼자만의 즐거운 가드닝 시간이 언제나 기다려진다는 것이다. 가게에서 오래 길러 정이 들었거나 여러 이유로 잘 팔리지 않아 가지고 온 많은 식물들이 여전히 우리집 베란다에서 자라고 있다. 고사리 식물들은 가게에서보다 햇빛을 더 잘 받고, 가게 한편에서 수형이 헐렁하게 자랐던 콩고와 백량금도 지금은 잎이 좀 더 무성해졌다. 고광나무나 소포라는 가게에서처럼 묵묵히 잘 자란다. 레몬은 내내 새싹이었는데 집에 가져와서는 많이 성숙해졌다. 베고니아는 한때 죽어 가는 줄만 알았는데 물 주는 방법을 꽃집에 가 물어보고 바꾸니 이제는 제법 안정적으로 자라고 꽃도 계속 피우고 있다.

공원과 수목원을 산책하는 일에서 더 진한 즐거움을 얻을 수 있는 것도, 밖에서 계절에 따라 나고 자라는 풀들의 변화에 민감해지고 그것을 관찰하는 일이 하나의 일상이 된 것도 나는 맘에 든다.

그 강연 날을 기점으로 풀린 말들을 기술해 나가다 보니 4년 동안 해 온 내 일의 여러 측면에 대해, 또 나와 많은 감사한 분들을 연결해 주었던 그 공간에 대해 한 올 한 올 들여다볼 수 있었다.

여기엔 서투르지만 무엇 하나 소중하지 않은 게 없었던 시간들에 대해 적었다(못다 한 이야기에 대해선 여전히 입이 간질거린다). 이 책을 읽는 분들이 다른 무엇보다도 어느 순간 갑자기 찾아온 확신과 희열, 그리고 그것을 향해 무모하게 내달렸던 이 몇 년의 경험담에 '대리만족'할 수 있기를, 또 비슷한 마음으로 달려갔던, 혹은 달려가고 있는 어떤 순간들을 같이 떠올릴 수 있기를 바라본다.

추천의 말

몇 년 전, 식물 기르는 사람을 찾아 인터뷰하고 나눈 대화를 토대로《식물생활》이라는 만화를 그렸다. 초반에는 주변 식물 애호가의 이야기로 시작했지만, 나중에는 식물을 업으로 삼은 사람을 찾아 얘기를 들었다. 인터뷰이 중 한 명이 바로 '공간 식물성'의 주인장인 정수진 작가였다. 낡은 건물 1층에 자리한 이 식물 가게는 익숙한 화원의 전형적인 모습과는 조금 달라 보였다. 환한 조명으로 공간 이곳저곳을 비추거나 번쩍번쩍 빛날 만큼 세련된 외양으로 꾸며 두지 않았지만 그래서 더 편안한 공간이기도 했다. 높은 천장 아래 단정하게 놓인 식물들은 키가 큰 가게의 주인과 무척이나 닮은 모습으로 조용하고 침착하게 자리를 지키고 있었다.

문득, 내 직업을 단순한 직함으로 소개하기 위해 애썼던 때가 떠오른다. 세상을 이해하는 하나의 방법으로 그림책을 만들고 싶었던 시간이다. 작업을 이어 나갈 내 나름의 방법을 찾지 못해 헤맨 그 시절, 혼자 책상에 앉아 있는 시간이 버겁게 느껴질 때면 무작정 바깥으로 나섰다. 크지 않은 보폭으로 천천히 걷다 보면 어느새 나무와 풀이 눈에 들어왔다. 이름은 몰라도 보는 것만으로 좋았다. 각자의 자리에서 각자의 방식대로 초록빛을 띠는 잎사귀, 다양한 방향으로 뻗어 나가는 가지를 볼 때면 비로소 숨이 쉬어지는 기분이었고 그제야 마음이 편안해졌다. 마치 해방구와도 같았던 산책길에서 익숙한 식물들이 조금씩 늘어 갔다.

《나는 식물 키우며 산다》를 읽으며 어쩐지 힘들었던 나의 과거와 겹치는 순간을 몇 번이고 마주했다. 골몰했던 도전을 내려놓으면서 오히려 해방감을 느낀 순간, 그때 마침 눈에 들어온 조용하고 아름다운 식물, 식물을 좋아하며 알아 가는 진한 즐거움의 시간이 자꾸 머릿속에 포개어졌다.

'공간 식물성'이 문을 닫은 건 과연 당연한 수순이었을까? 식물을 단순한 '상품'으로만 보지 않는 태도, 익숙해지지 않는 판매 업무, 식물에 대한 커다란 애정이 가게의 슬픈 운명을 앞당긴 것인지도 모른다. 그렇지만 작가의 그 '애매한 시도' 덕분에 가게는 식물과 사람과 주변을 유심히 살피고 되새기는 연습의 장소가 될 수 있었다. 그는 손님을 만나며 식물을 좋아하는 마음에 대해 생각하고, 진지한 결심으로 식물을 돌보았다. 조용하고 굳건하게, 강인한 풀처럼.

'식물을 좋아해서 잘 기르고, 잘 길러서 더 좋아지는 원예 생활'을 모토로 한 그 가게와 주인장이 있었기에 기뻤다. 그가 계속해서 식물을 기르며 어디론가 나아가서 또 다른 이야기들을 남겨 주기를 바란다.

안난초

만화가, 《식물생활》 저자

나는 식물 키우며 산다

초판 1쇄 발행 2021년 4월 5일

지은이 정수진
펴낸이 박희선
책임편집 이수빈
디자인 디자인 잔

발행처 도서출판 가지
등록번호 제25100-2013-000094호
주소 서울 서대문구 거북골로 154, 103-1001
전화 070-8959-1513
팩스 070-4332-1513
이메일 kindsbook@naver.com
블로그 blog.naver.com/kindsbook
페이스북 facebook.com/kindsbook
인스타그램 instagram.com/kindsbook

ISBN 979-11-86440-66-7 (04810)
979-11-86440-64-3 (세트)

도서출판 가지 출간도서

1 **세계를 읽다 터키** 아른 바이락타롤루 지음, 정해영 옮김 | 16,000원

2 **세계를 읽다 호주** 일사 샤프 지음, 김은지 옮김 | 16,000원

3 **세계를 읽다 프랑스** 샐리 애덤슨 테일러 지음, 정해영 옮김 | 16,000원

4 **세계를 읽다 이탈리아**
레이먼드 플라워, 알레산드로 팔라시 지음, 임영신 옮김 | 15,000원

5 **오늘은 빨간 열매를 주웠습니다** 황경택 지음 | 18,000원

6 **세계를 읽다 핀란드** 데보라 스왈로우 지음, 정해영 옮김 | 15,000원

7 **섬:살이** 김준 지음 | 16,000원

8 **세계를 읽다 독일** 리처드 로드 지음, 박선주 옮김 | 15,000원

9 **세계를 읽다 인도** 기탄잘리 콜라나드 지음, 정해영 옮김 | 15,000원

10 **몸을 씁니다** 플로랑스 비나이 지음, 박태신 옮김 | 13,500원

11 **꽃을 기다리다** 황경택 지음 | 18,000원

12 **세계를 읽다 두바이** 리나 아셔 지음, 서소울 옮김 | 15,000원

13 **부산(여행자를 위한 도시인문학)** 유승훈 지음 | 14,000원

14 **엄마, 나는 걸을게요** 곽현 지음 | 14,000원

15 **겨울정원** 김장훈 지음 | 17,000원

16 **인생은 간결하게** 쥐디트 크릴랑 지음 | 13,500원

17 **세계를 읽다 일본** 라이나 옹 지음, 정해영 옮김 | 15,000원

18 **내 안의 자연인을 깨우는 법** 황경택 지음 | 13,500원

19 **세계를 읽다 베트남** 벤 엔겔바흐 지음, 김아림 옮김 | 15,000원

20 **비관주의자를 위한 낙관주의 수업**
델핀 뤼쟁뷜, 오렐리 페넬 지음, 박태신 옮김 | 14,900원

21 **마산진해창원(여행자를 위한 도시인문학)** 김대홍 지음 | 16,000원

22 **타이니하우스(집 이상의 자유를 살다)**
엘리자베스 노디노 외 지음, 권순만 옮김 | 19,800원

23 **자연 그대로의, 식물 컬러링** 황경택 지음 | 14,900원

24 **세계를 읽다 타이완** 우 링리, 크리스 베이츠 지음, 정해영 옮김 | 16,000원

25 **강릉(여행자를 위한 도시인문학)** 정호희 지음 | 16,000원

26 **두 번째 스무 살** 에이미 노빌 & 트리샤 애쉬워스 지음, 정해영 옮김 | 15,800원

27 **마음은 파도친다** 유현미 지음 | 15,800원

28 **여행 없는 여행** 마고캐런 지음 | 14,800원

29 **인천(여행자를 위한 도시인문학)** 정진오 지음 | 16,000원

30 **반부패의 세계사** 김정수 지음 | 17,500원

31 **동물과 함께하는 삶** 아이샤 아크타르 지음, 김아림 옮김 | 18,800원

32 **나는 요가하면서 산다** 김세아 지음 | 13,000원

33 **나는 식물 키우며 산다** 정수진 지음 | 13,000원